FINGER PRINTS

Melinda Metz

wuchs im kalifornischen San José auf und lebt heute in Los Angeles. Bevor sie begann als freie Schriftstellerin zu arbeiten, war sie als Drehbuchautorin für verschiedene Fernsehserien tätig. Spätestens seit ihrer Zusammenarbeit mit R. L. Stine hat sie eine Vorliebe für spannungsgeladene Texte, in denen übernatürliche Phänomene eine tragende Rolle spielen.

FINGER PRINTS

MELINDA METZ

Dunkles Erbe

Übersetzt aus dem amerikanischen Englisch
von Dorothee Haentjes

Schneider Buch

Bibliografische Information Der Deutschen Bibliothek

Die Deutsche Bibliothek verzeichnet diese Publikation in der Deutschen Nationalbibliografie; detaillierte bibliografische Daten sind im Internet über http://dnb.ddb.de abrufbar.

Folgende Titel sind bisher erschienen:

1. Tödliche Gedanken
2. Eiskaltes Spiel
3. Dunkles Erbe

Der Schneider Verlag im Internet:
www.schneiderbuch.de

Published by arrangement with HarperCollins*Children's*Books, a division of HarperCollins Publishers, Inc.
Vermittelt über die literarische Agentur Thomas Schlück GmbH, Garbsen
Originaltitel: *trust me*
Übersetzung: Dorothee Haentjes
Umschlaggestaltung: HildenDesign, München / A. Barth
Motiv: Corbis GmbH und Apply Design Group
Herstellung/Satz: FIBO Lichtsatz GmbH, Unterhaching
Druck/Bindung: Westermann Druck Zwickau GmbH, Zwickau
ISBN 3-505-11853-2

03 / 8 7 6 5 4 3 2 1

... WIE ALLES BEGANN

Rae Voights Leben ist perfekt. Sie geht auf die Highschool, sieht gut aus, ist sehr beliebt und mit Marcus, dem Mädchenschwarm der Schule, zusammen. Doch plötzlich geschieht etwas Unfassbares. Rae hört Stimmen ... Sie fühlen sich an wie fremde Gedanken, die in ihrem Kopf herumspuken. Rae hat keine Ahnung, wo sie herkommen oder wie sie diesem Alptraum entfliehen kann – und sie hat panische Angst. Angst vor den fremden Gedanken und davor, genau wie ihre verstorbene Mutter in einer Nervenheilanstalt zu landen.

Doch es kommt, wie es kommen muss: Eines Tages dreht sie völlig durch und wird in die Psychiatrie eingeliefert. Sie schafft es zwar den Ärzten glaubhaft vorzuspielen, sie sei geheilt und wird daraufhin wieder entlassen, muss jedoch an einer Gruppentherapie teilnehmen.

In der Therapiegruppe findet Rae in Anthony und Jesse neue Freunde. Auch mit Yana, einem Mädchen, das in der Psychiatrie gejobbt hat, freundet sie sich an. Und Freunde – die hat sie jetzt bitter nötig, zumal sich alle alten Freunde von ihr, der „Irren", abgewandt haben. Auch Marcus.

Anthony erkennt als Erster, dass Rae nicht krank ist, sondern eine besondere Gabe besitzt: Sie kann aus den Fingerabdrücken anderer Leute deren Gedanken lesen. Rae beginnt, diese Fähigkeit zu nutzen. Dabei wird sie aber auch mit einer schrecklichen Wahrheit konfrontiert: Offenbar wird sie von jemandem verfolgt. Und dieser Jemand trachtet ihr nach dem Leben.
Als Jesse unter mysteriösen Umständen verschwindet und Rae klar wird, dass er entführt wurde, beschleicht sie eine dunkle Ahnung: Nicht nur ihr eigenes Leben, auch das Leben ihrer Freunde ist in Gefahr. Zusammen mit Anthony und Yana setzt Rae alles daran, Jesse zu finden. Als sie ihn schließlich aus einer alten Lagerhalle befreien können, sind seine Gedanken wie ausgelöscht. Rae vermutet, dass der unbekannte Entführer, der sie verfolgt und überall beobachtet, auch eine besondere Fähigkeit besitzt. Es scheint, als ob er die Erinnerungen anderer Menschen löschen und ihnen seine eigenen Gedanken aufzwingen kann. Und es scheint, als ob er Rae testen will – bevor er sie tötet.

KAPITEL EINS

Rae Voight eilte über den langen Flur des Oakvale-Instituts zu dem Raum, in dem ihre Gruppentherapie stattfand. Es war Mittwochnachmittag. Sie versuchte, möglichst nur durch den Mund zu atmen. Der Geruch des Industriereinigers, mit dem der Linoleumboden geputzt wurde, erinnerte sie an die psychiatrische Klinik. Nein, es war mehr als eine Erinnerung. Es war, als brächte sie der beißende Geruch tatsächlich zurück ins Krankenhaus, zurück in ihr Zimmer mit der schweigsamen Mitbewohnerin, zurück zu den Tabletten, die man aus unterteilten Medikamentenboxen einnahm, zurück zu dem Gefühl, im freien Fall in den Wahnsinn zu stürzen.

Zumindest weißt du jetzt, dass du nicht verrückt bist, sagte sich Rae. Sie konnte Fingerabdrücke lesen. Wenn sie die Abdrücke berührte, nahm sie die Gedanken der Person auf, die sie hinterlassen hatte. Merkwürdig. Unheimlich. Seltsam. Aber nicht verrückt. Sie atmete tief ein. Die Chemikalien brannten säuerlich auf ihrer Zunge. *Nächstes Mal bringe ich Kaugummi mit,* dachte sie.

Plötzlich hallten hinter ihr Schritte über den Flur, genau

auf sie zu. Rae wirbelte herum. Ihr Herzschlag verdoppelte sich. Wer immer damals auch versucht hatte, sie in diesem Gebäude umzubringen – er konnte es jederzeit wieder versuchen. Es war dumm von ihr gewesen, auch nur eine Sekunde lang nicht aufzupassen. Sie erstarrte, war bereit, loszurennen – oder wenigstens laut zu schreien – aber dann erkannte sie Anthony Fascinelli, und ihr Pulsschlag verlangsamte sich sofort wieder.

„Einem Mädchen nachzuschleichen, das schon mal Opfer eines versuchten Mordanschlags gewesen ist, ist nicht gerade die feinste ...“ Rae verstummte, als sie Anthonys Gesichtsausdruck wahrnahm. Sein Mund war zusammengekniffen, und seine dunklen Augen blickten vor Angst fast wie wahnsinnig. Anthony war eigentlich nicht der Typ, der häufig ängstlich aussah.

„Ist was?“, fragte Rae und schlang die Arme um ihre Taille.

„Meine kleine Schwester Anna hat mich gerade angerufen“, antwortete Anthony. Seine Stimme klang belegt. Er musste sich räuspern. Und gleich darauf noch einmal.

Rae hätte ihn am liebsten gepackt und geschüttelt. Die Worte aus ihm herausgeschüttelt. Stattdessen atmete sie tief ein und wartete.

„Sie sagt, dass Zack abgehauen ist“, fuhr Anthony schließlich fort. „Er hat eine Nachricht hinterlassen. Aber wenn er ...“

„Wenn er entführt worden ist, genau wie Jesse?“, sprach

Rae den Satz für ihn zu Ende. *Oh, nein! Bitte nicht!* Das konnte doch kein zweites Mal passieren! Jesse Beven war ein Junge aus der Therapiegruppe, der für Anthony so eine Art kleiner Bruder war. Es war Anthony und ihr zwar gelungen, Jesse zu befreien, aber er war in einem schlechten Zustand gewesen. Wenn sie ein paar Tage länger gebraucht hätten, um herauszufinden, wo er festgehalten wurde ... allein bei dem Gedanken hatte Rae das Gefühl, Würmer im Bauch zu haben. Lebende.

„Ja. Was dann?", antwortete Anthony „Ich brauche dich." Er fuhr sich mit der Hand durch das sandbraune Haar. „Du musst Fingerabdrücke lesen", fügte er schnell hinzu.

„Dann los." Rae lief zum Ausgang des Instituts. Anthony folgte ihr. Am liebsten wäre sie gerannt, den Flur entlanggestürmt. Aber das war die sicherste Methode, angehalten und mit einem Haufen Fragen überschüttet zu werden. Sie zwang sich, nicht zu rennen, und beließ es bei einem eiligen Gehen. *Vielleicht ist Zack ja wirklich nur abgehauen,* dachte sie verbissen. Sie versuchte sich daran zu erinnern, wie alt Anthonys Bruder war. Etwa fünfzehn. Jugendliche in diesem Alter hauten doch ständig ab. *Und wenn er abgehauen ist, werden wir ihn noch heute wieder finden,* versprach sie sich selbst.

Wenn er allerdings entführt worden war ...

„Wer immer das alles tut – warum kann er nicht einfach mich entführen?", explodierte Rae, als sie in den Hyundai von Anthonys Mutter stieg und die Tür zuknallte. „Jesse hat er doch auch nur entführt, um mich auf die Probe zu stellen. Wenn er noch mehr wissen will, warum nimmt er dann nicht einfach mich? Warum schnappt er sich Zack oder sonst wen?" Sie schluckte und fühlte eine Mischung aus Angst und Schuldgefühl in sich aufsteigen. „Als wenn er nicht wüsste, wo ich zu finden bin", fügte sie hinzu und wickelte sich enger in ihre Jacke. „Ich meine, er hat eine Wanze in deinem Auto installiert, er fotografiert mich, wo ich gehe und stehe ..."

Rae sah kurz zu Anthony hinüber, während er vom Parkplatz fuhr. Sie bemerkte den festen Griff, mit dem er das Lenkrad umklammerte. Sogar durch sein T-Shirt hindurch konnte sie sehen, wie angespannt seine Schultermuskeln waren. Und sie machte es noch schlimmer! Sie war ihm alles andere als eine Hilfe!

„Aber es ist ja gar nicht gesagt, dass ihn jemand entführt hat. Wir sollten erst einmal abwarten", fügte sie lahm hinzu. Als Antwort gab Anthony ein Grunzen von sich. Offenbar hatte er keine Lust zu reden.

Rae biss die Zähne zusammen, um nicht vor Nervosität dumm herumzuschnattern, und sah aus dem Fenster. Sie presste ihre Kiefer so fest aufeinander, dass ihre Muskeln schmerzten und ihre Zähne knirschten. *Es ist alles meine Schuld,* dachte sie. *Sobald jemand in meine Nähe kommt, passiert ihm etwas Schlimmes.* Wobei sie Zack nie wirklich nahe gewesen war. Sie war Anthonys Bruder noch nie begegnet, aber dennoch ...

Das ist doch alles Schwachsinn!, tadelte sie sich. In ihrem Inneren nahm sie sich ihre Worte allerdings selbst nicht ab. Sie wusste einfach, dass sie eine Gefahr darstellte. Sie sollte weggehen und irgendwo in einer Höhle leben, sich von Beeren und Nüssen ernähren. Nur dass dann ihre neuen kleinen Freunde, das Häschen und die Spatzen und das süße kleine Reh mit einem Mal verschwinden würden. Rohrbomben würden im Wald explodieren ...

Hör endlich auf!, befahl sich Rae. *Du kannst deine Selbstmitleids-Party ein anderes Mal feiern. Mit Ballons und Kuchen und einem Clown. Später. Wenn Zack in Sicherheit ist.*

„In der Straße wohne ich", erklärte Anthony, bog links ab und steuerte auf einen Block zu, der aus kleinen, aneinander gedrängten Häusern bestand. Es war keine Kunst herauszufinden, welches das von Anthony war: Ein Mädchen und zwei Jungen warteten in dem kleinen Vorgarten. Als sie Anthony kommen sahen, liefen sie auf den Bürgersteig. Sobald Anthony aus dem Auto stieg, rannte das Mädchen – Anna, die neun Jahre alt sein musste, wenn Rae sich richtig erinnerte – auf ihn zu, wobei sie den kleineren Jungen – es musste Carl sein, denn er war der Jüngste – hinter sich herzog. Anna nahm ein gefaltetes Papier aus der Tasche ihrer Jeansjacke, die wie eine Miniaturausgabe von Anthonys Jacke aussah.

„Das habe ich in seinem Zimmer gefunden", erklärte Anna und gab Anthony den Zettel. „Du musst etwas tun. Tom flippt sonst total aus."

Tom. Anthonys Stiefvater. Rae wusste, dass er Carls leiblicher Vater war. Und der von Anna wahrscheinlich auch, nahm Rae an.

„Niemand wird ausflippen", antwortete Anthony. Er faltete den Brief auseinander und las ihn langsam, mit aufeinander gepressten Kiefermuskeln.

Rae ahnte, wie sehr ihm seine Legasthenie gerade jetzt zu schaffen machen musste. Jetzt, wo er so schnell wie möglich wissen wollte, was in dem Brief stand.

Schließlich war er fertig und reichte ihr den Brief. Rae sah, dass seine Finger zitterten. Genau wie ihre. Sie hörte nicht auf die Fragen, mit denen die Kinder Anthony überhäuften, und überflog den Brief rasch. Er war kurz, mit dem üblichen Inhalt. Dem *zu erwartenden* Inhalt. Zack hielt es zu Hause nicht mehr aus, darum wollte er weg. Sie sollten nicht nach ihm suchen. Es klang tatsächlich nach einem Jugendlichen, der von zu Hause fortlief. *Oder nach jemandem, der uns glauben machen will, dass er abgehauen ist,* musste Rae innerlich anfügen. In dem Brief stand nichts Persönliches, nichts Unverwechselbares. Jeder Mensch hätte diese Nachricht schreiben können.

Sie schüttelte den Kopf. Es war Zeit, dass sie ihre Fingerspitzen zum Einsatz brachte.

/ wenn er nie mehr wieder kommt? /
Raes Hals wurde trocken vor Angst. Vor Annas Angst. Sie fuhr mit den Fingern ein Stück abwärts.
/ brauche nichts von hier / können mich alle mal /
Raes Nacken loderte vor Hitze, als Zacks Wut sie durchzuckte. Gefolgt von ihrer eigenen Erleichterung. Zack war tatsächlich abgehauen. Niemand anderer steckte dahinter.
Ok, Zack. Dann verrat mir doch mal, wo du steckst, dachte Rae, und stieß einen tiefen Atemzug aus. Sie ließ ihre Finger zum unteren Ende des Papiers gleiten, stieß noch mal auf Angst von Anna und eine Mischung aus Sorge und Wut von Anthony. Dann traf sie eine weitere Woge von Zacks Zorn.
/ halte das nicht aus / Tom ist so ein / kann mich bei Todd im Schuppen einnisten /
Erwischt!, dachte sie. Sie gab Anthony den Brief zurück. „Komm, lass uns mal ein bisschen durch die Gegend fahren", sagte sie, weil sie schlecht vor Anthonys Geschwistern herausposaunen konnte, dass sie schon wusste, wo sich Zack aufhielt. „Du kennst doch bestimmt ein paar Orte, an denen wir ihn suchen könnten."
„Ich komme mit", sagte Danny, der Ältere der beiden Jungen. Raes Lippen zuckten. Danny sah Anthony überhaupt nicht ähnlich. Er hatte halblanges lockiges blondes Haar und blaue Augen. Nur seine Körperhaltung schien er sich von seinem großen Bruder abgeguckt zu haben. Sogar in

der Art, wie er stand – ziemlich cool und breitbeinig – erinnerte er an Anthony.
„Du bleibst hier", entgegnete Anthony sofort. „Und ihr anderen auch", fügte er hinzu, bevor Anna und Carl auch noch auf die Idee kommen konnten. „Wenn Zack vor mir zurückkommt, haltet ihr drei ihn fest, klar?"
Ohne die Antwort abzuwarten, stieg er zurück ins Auto und knallte die Tür zu. Rae stieg auf der Beifahrerseite ein, schloss die Tür und schnallte sich an.
„Zack ist nichts passiert", sagte sie. „Er ist wirklich abgehauen." Sie sah, wie sich Anthonys Gesicht entspannte und die Furcht aus seinen Zügen wich.
„Und wo ist er?", fragte er.
„Kennst du einen Freund von ihm, der Todd heißt?", entgegnete Rae.
Anthony nickte und fuhr schon auf die Straße.

„Hast du irgendwas mitbekommen, warum er das getan hat?", wandte Anthony sich an Rae, als sie schon ein ganzes Stück vom Haus entfernt waren. Bisher hatte er sich nicht getraut zu sprechen. Aus Angst, er könnte ihr um den Hals fallen, weil sie ihm gesagt hatte, dass sein Bruder nicht in Gefahr schwebte.
„Nicht viel", antwortete sie. „Ein kleiner Wutausbruch wegen Tom."
Anthony schnaufte. „Ist ja keine große Überraschung."

„Haben sie sich denn in letzter Zeit gestritten?“
Aus dem Augenwinkel sah Anthony, wie Rae ihre Haarspange in Form einer Libelle neu befestigte. Er wusste nicht, warum sie sich überhaupt die Mühe machte, solche Dinge zu tragen.
„In letzter Zeit?“, wiederholte Anthony. „Könnte man beim Frühstück als ‚in letzter Zeit‘ bezeichnen? Oder gestern Abend? Oder letztes Wochenende?“
„Hm. Klingt nicht gut.“ Rae stieß einen langen Seufzer aus.
„Tom ist ein Idiot. Ende der Geschichte“, sagte Anthony. Zumindest war es das Ende der Geschichte, die er Rae erzählen wollte. Er warf ihr einen Blick zu. Wie viel hatte sie von seinem Zuhause eben mitbekommen? Oder war sie in Gedanken zu sehr mit dem Mini-Drama beschäftigt gewesen, um überhaupt etwas mitzubekommen? Das hoffte er jedenfalls. Denn verglichen mit seinem Zuhause, lebten sie und ihr Dad auf einem regelrechten Herrenhof.
„Da sind wir. Hier wohnt Todd“, sagte Anthony und fuhr in die Einfahrt eines Hauses, das nicht viel anders aussah als sein eigenes. „Warte hier, ja? Ich muss allein mit Zack reden.“
Rae nickte. Anthony hoffte, dass sie im Auto nicht allzu viel anfassen würde. Schließlich hatte sie heute das Wachszeug nicht aufgetragen, das sie manchmal benutzte, damit sie von den Gedanken der Fingerabdrücke verschont blieb. Er war sich sicher, dass sie nicht absichtlich nach seinen

Fingerabrücken suchen würde. Aber wie leicht stieß man an etwas, das Radio, das Armaturenbrett, ohne es zu wollen? *Wobei sie nichts herausfinden würde, was sie nicht ohnehin schon weiß*, dachte Anthony, als er den Weg zur Haustür entlanglief. Er drückte auf die Klingel. Nach etwa einer vollen Minute Wartezeit öffnete Todd die Tür. Ein Blick, und Anthony war klar, dass Todd ihm nichts als Blödsinn erzählen würde.

„Ich weiß, dass er hier ist", begann Anthony darum, bevor Todd auch nur ein Wort sagen konnte. „Ich will ihn sprechen. Und zwar sofort."

Todd war fast so groß wie Anthony. Aber er war ein Fliegengewicht, hatte so gut wie überhaupt keine Muskeln. Es war ihm wohl klar, dass Anthony ihn in einer Minute durch die Mangel drehen konnte. Todd machte die Tür frei und zeigte auf das Wohnzimmer. Dann verschwand er in der Küche.

Anthony ging schnurstracks ins Wohnzimmer und stieß kurz den Atem aus, als er Zack vor dem Fernseher sitzen sah.

„Was willst du?", fragte Zack, ohne die Augen vom Bildschirm zu nehmen, während Anthony sich neben ihm auf das Sofa fallen ließ.

Anthony antwortete nicht. Er tat so, als sähe er genauso aufmerksam die Comedy wie Zack. Obwohl sie beide diesen Scheiß schon mindestens fünfmal gesehen hatten.

„Bist du hergekommen, weil du mich nach Hause holen sollst?", fragte Zack schließlich. Seine Augen hafteten immer noch auf der Mattscheibe, trotz der Werbung, die jetzt lief.
Anthony streckte die Beine aus. „Nee. Ich wollte auch hier einziehen", antwortete er. Es gab nur zwei Wege, Zack aus diesem Haus herauszubewegen: Es in die Luft jagen oder Zack das Gefühl geben, dass er freiwillig gehen wollte.
Sie sahen schweigend fern. Eine Sekunde lang streckte Todd seinen Kopf ins Wohnzimmer, dann zog er wieder ab. Die Comedy war zu Ende, und eine halbstündige Sitcom begann. Nach zehn Minuten blickte Zack zu Anthony hinüber. „Tom ist ein absoluter Idiot."
„Da kann ich dir nicht widersprechen", antwortete Anthony. „Vielleicht kommt Ma ja endlich selbst mal darauf und macht Schluss. Langsam müsste sie die Nase doch voll haben." Seine Mutter und Tom kannten sich seit vier Jahren und wohnten seit etwas mehr als acht Monaten zusammen – was für sie fast schon ein Rekord war. Normalerweise behandelte sie die Männer wie Kleenex. Oder vielleicht waren auch die Männer diejenigen, die sie so behandelten. Es war schwer zu unterscheiden.
„Aha. Und jetzt? Soll ich vielleicht den braven kleinen Jungen spielen? Mich *respektvoll* verhalten, bis er die Kurve kratzt – falls er es jemals tut?", fragte Zack.
„So mach ich es jedenfalls", antwortete Anthony. „Ich halte

die Schnauze, damit ich dableiben kann, bis ich meinen Highschool-Abschluss habe. Denn den bekäme ich sicher nicht, wenn ich arbeiten müsste, um die Miete zu zahlen und einkaufen zu können. Nächstes Jahr bin ich fertig. Dann bin ich weg. Und du bist als Nächster dran."

Anthony konnte es selbst kaum glauben, dass er hier saß und wie ein Opa redete. Aber was er Zack da sagte, war die Wahrheit. Sie gefiel ihm auch nicht besser als Zack, aber so war es nun mal.

Todd trat wieder ins Wohnzimmer. „Meine Mutter kommt gleich zurück. Ihr solltet besser abhauen, in den Schuppen. Und passt auf, dass sie nicht mitbekommt, dass ihr da drinnen seid."

„Vergiss es." Zack stand auf. „Bis später", sagte er zu Todd. Dann ging er zur Tür. Anthony folgte ihm. Das war nicht halb so schwierig gewesen, wie er gedacht hatte. Obwohl Zack seinen Bastel-Kram mochte – es war schwierig, sich ihn in einem Schuppen vorzustellen.

„Das ist Rae", sagte Anthony zu seinem Bruder, als sie zum Auto kamen. Dann wandte er sich an sie. „Ich muss ihn nur schnell absetzen, dann bringe ich dich nach Hause." Er hatte eigentlich kein große Lust, Rae einen weiteren Blick auf sein Haus werfen zu lassen, aber es gab keine andere Möglichkeit.

„Kein Problem", sagte Rae. Sie legte ihre Hände im Schoß zusammen.

Anthony drehte das Radio auf. Das schien der beste Weg zu sein, um die Stille auszufüllen. Fast zu schnell kamen sie wieder in seiner Straße an.

„Mist!", platzte Zack heraus. „Ma und Tom sind schon zu Hause."

Sie waren nicht nur zu Hause, sondern sie warteten davor.

„Anna muss sie angerufen haben, als sie mich auch angerufen hat", sagte Anthony

„Das kleine Luder!", murmelte Zack.

Anthony langte mit einer Hand nach hinten und schnipste mit den Fingern vor Zacks Stirn. „Sie hat sich Sorgen um dich gemacht, du Idiot." Er parkte am Bordstein.

Rae stieg aus, bevor er etwas zu ihr sagen konnte. Als wenn er überhaupt etwas hätte sagen können, um sie auf seine Mutter und Tom vorzubereiten. Die waren ganz und gar nicht so, wie ihr Professor-Papa. Wahrscheinlich überhaupt ganz anders als sämtliche Eltern, die ihr in ihrem beschaulichen Leben als Privatschülerin jemals begegnet waren.

„Hat keinen Sinn, hier sitzen zu bleiben", sagte er zu Zack. Dann stieg er aus dem Auto und warf die Tür zu. Einen Augenblick später stieg Zack ebenfalls aus. Sofort warf sich seine Mutter auf ihn. „Liebling, was hast du dir nur dabei gedacht?", schrie sie, und ihre Stimme war, wie immer, zu laut. Die Nachbarn würden ihre Ohren nicht erst spitzen müssen, um mitzubekommen, was los war.

„Er hat nicht nachgedacht. Punkt", schaltete Tom sich ein und zog seine Hose hoch, bevor sie ihm von den knochigen Hüften rutschen konnte. „Er ist genau wie sein Vater. Sobald es ein bisschen unangenehm wird, haut er einfach ab."

Oh, verdammt! Warum musste Tom die Vater-Karte ausspielen, zwei Sekunden, nachdem es Anthony gelungen war, Zack nach Hause zu bringen? Er warf Zack einen Blick zu. Eine tiefe, dunkle Röte kroch Zacks Hals hinauf. Anthony wusste genau, wie er sich fühlte. Sobald Tom über Anthonys Vater herzog, hatte Anthony das Gefühl, explodieren zu müssen.

„Wobei ich überhaupt nicht weiß, warum dein Leben so hart sein soll", fuhr Tom fort. „Frei essen, frei wohnen. Die ganzen Videospiele, die deine Mutter ständig kauft. Worüber beschwerst du dich eigentlich, Zack? Dass du ab und zu mal den Mülleimer rausbringen musst?"

„Zack macht eine ganze Menge. Wie oft lasst ihr beiden ihn zum Beispiel auf die Kleinen aufpassen, während ihr feiert?", fragte Anthony. Wenn Tom Streit wollte, konnte er ihn haben!

„Ach so. Ab und zu mal auf ein paar Kinder aufpassen ist für Herrn Faulenzer wohl zu viel verlangt?", gab Tom zurück.

„Mein Vater ...", schrie Zack.

„Was tust du denn, was so anstrengend sein soll?", hielt

Anthony Tom entgegen und fiel Zack damit ins Wort. Er legte sich mit Tom an, um ihn und Zack auseinander zu halten. „Du malst ein paar Häuser an, falls jemand dumm genug ist, dich und deine Kumpels zu beauftragen. Im Baumarkt kannst du Regale einräumen, wenn der alte Bob Mitleid mit dir hat. Und sonst? Ach so, ja. Du verbringst jede Menge Zeit damit, dir den Arsch breit zu sitzen."

„Anthony!", rief seine Mutter. „Dafür entschuldigst du dich aber." Sie versuchte sich zwischen ihn und Tom zu drängen, wobei sie fast aus ihrem tief ausgeschnittenen Top gefallen wäre. Ihr widerlich süßes, blumiges Parfüm stieg Anthony in die Nase und zog seinen Hals hinab, bis er es in den Lungen brennen fühlte.

Anthony suchte Zacks Blick und deutete mit dem Kinn zum Haus. Zack verschwand nach drinnen und gesellte sich dann zu Danny, Anna und Carl ans Wohnzimmerfenster.

„Ok, ich werde mich entschuldigen. Gern sogar. Wenn er sich bei Zack entschuldigt", gab Anthony zurück.

„Das Letzte, was dieser kleine Punk verdient hat, ist eine Entschuldigung. Hast du eigentlich eine Ahnung, was für Sorgen sich deine Mutter gemacht hat ...?", begann Tom.

„Und jetzt hat Anthony Zack wieder zurückgebracht", schaltete sich Anthonys Mutter ein. „Also Happy End. Lasst uns einfach sagen, jeder hat sich bei jedem entschuldigt." Sie versetzte Tom einen kleinen Stoß mit einer Hand und Anthony einen stärkeren mit der anderen Hand. Widerwillig gingen die beiden einen Schritt weiter auseinander.

„Na bitte, schön gemacht, Jungs. Also, Anthony, wie ich sehe, hast du eine Freundin mitgebracht. Das finde ich toll! Ich sage dir ja immer wieder, dass du Freunde mitbringen sollst“, sagte Anthonys Mutter und ging auf Rae zu. Sie schob kurz ihre Brüste zurecht, damit das Shirt darüber besser saß. Anthony war sich nicht sicher, ob das stilvoller war, als es einfach so zu lassen.

Rae machte unsicher einen Schritt auf sie zu. „Guten Tag, ich bin Rae“, stellte sie sich vor.

„Schön, Rae, dann komm mal mit rein. Wir wollen ja nicht den ganzen Tag im Vorgarten herumstehen.“ Anthonys Mutter ging voraus ins Haus.

„Willkommen bei den Flodders“, murmelte Anthony Rae zu, während er neben ihr herging.

„So weit werdet ihr es niemals bringen“, flüsterte Rae zurück. „Ihr schafft's ja noch nicht mal zu den Bundys.“

Dieses Mädchen war wirklich cool. Das musste Anthony zugeben. Wenn er schon jemand mit nach Hause nehmen musste, dann vielleicht wirklich am besten Rae.

„Setzt euch“, sagte Anthonys Mutter. Sie warf einen Plüschbären vom Sofa und nahm einen Teller mit angetrockneten Cornflakes vom Couchtisch.

„Rae kann nicht lange bleiben …“, begann Anthony.

„Einen Augenblick aber doch bestimmt", protestierte seine Mutter. „Ich kenne ja kaum noch einen von deinen Freunden." Sie zwinkerte Rae zu. „Seit der zweiten Klasse hat Anthony kein Mädchen mehr mit nach Hause gebracht."
„Rae geht auf die Sanderson Privatschule", warf Anthony ein, damit seine Mutter den Mund hielt. Wenn er sie jetzt nicht sofort stoppen würde, würde sie noch ein Fotoalbum hervorkramen.
„Hervorragende Football-Mannschaft", sagte Tom und setzte sich auf die Couch. „Ein paar dieser Jungs werden bei ihren College-Mannschaften sicher groß rauskommen."
„Ja, stimmt. Football ist an unserer Schule wahnsinnig wichtig", antwortete Rae. Sie berührte Anthony am Arm. „Anthony spielt ja auch, nicht wahr?"
„Er macht ein bisschen was, stimmt", antwortete Tom. „Er ist gar nicht mal so schlecht. Vielleicht sogar gut genug, um für deine Schule zu spielen."
So. Und was kommt jetzt?, überlegte Anthony.
„Nur dass man ein bisschen helle im Kopf sein muss, um auf so eine Privatschule zu gehen. Und Anthony hat das Hirn seines Vaters geerbt", fügte Tom hinzu.
Bleib locker. Bleib einfach locker, befahl sich Anthony. Er hatte keine Lust, sich schon wieder mit Tom anzulegen. Nicht, wenn Rae dabei war.
„Du hast meinen Vater doch nie kennen gelernt", sagte Anthony ruhig.

„Stimmt. Aber von deiner Mutter habe ich genug über ihn gehört", antwortete Tom. „Die Geschichten über die Flasche Fascinelli werden ihr sicher niemals ausgehen."

Obwohl Rae keinen Fingerabdruck von Anthony berührte, kam es ihr vor, als wären seine Gefühle die ihren. Wut, Scham, Hass und die Lust, mit der Faust gegen die nächste Wand zu schlagen, durchzitterte ihren Körper.

„Schon mal die Story gehört, wie Fascinelli ...", begann Tom.

„Komm, Rae, wir holen etwas zu trinken für alle", fiel Anthonys Mutter ein.

Rae wollte nicht weg. Sie wollte bleiben und Anthony ... beschützen. Allerdings würde ihm das nicht gefallen. Er wollte, dass sie ging. Sie las es aus dem kurzen Blick, den er ihr zuwarf.

„Gern", antwortete Rae deshalb. Sie folgte Anthonys Mutter in die Küche, wo Zack Brote mit Erdnussbutter für die Kleinen bestrich.

„Danke, Schatz", sagte seine Mutter. Sie lehnte sich vor – anscheinend, um Zack auf die Stirn zu küssen. Aber Zack wich zurück. Seine Mutter tat, als merke sie es nicht. Sie nahm eine Dose pulverisierten Zitronentee aus dem Schrank. „Ich glaube, ich mache gleich eine ganze Kanne voll", sagte sie zu Rae. „Kannst du mal die Gläser holen?" Sie deutete mit dem Kopf auf das Abtropfgestell für das Geschirr.

Rae nahm die frisch gespülten Gläser und stellte sie auf den Tisch, während Anthonys Mutter einige Löffel Teepulver in eine Plastikkanne gab und Wasser hinzufügte. „Du darfst Anthony und Tom nicht zu ernst nehmen“, sagte sie, während sie das Getränk umrührte. „Sie sind wie zwei Stiere, weißt du? Sie kämpfen um die Vorherrschaft. Darum schreien sie sich an und beleidigen sich.“

„Aha“, murmelte Rae. Aber sie wusste, dass es mehr war als das. Für Anthony zumindest. Als sie einmal ihre Fingerspitzen aufeinander gelegt hatten, war sie fast überwältigt gewesen von Anthonys Sehnsucht, seinen Vater kennen zu lernen und herauszufinden, ob er Ähnlichkeit mit ihm hatte.

Er sollte die Wahrheit wissen, dachte Rae. Nicht nur all den Müll, mit dem Tom ihn bespuckte. Aber wie sollte das gehen? Nur ein Gedankenleser konnte herausfinden, wo sich Tony Fascinelli aufhielt.

Ah, Vorteil für Rae!, wurde ihr plötzlich klar. Sie *konnte* ja Gedanken lesen. Oder wenigstens Fingerabdrücke. Also gab es vielleicht einen Weg, wie sie Anthony helfen konnte, seinen Vater zu finden.

„Äh, hatten Anthony und sein Vater denn jemals Kontakt?“, fragte Rae, obwohl sie die Antwort bereits kannte.

„Nicht mehr, seit Anthony ein Baby war“, antwortete Anthonys Mutter. Sie warf den Löffel ins Spülbecken. Rae ging wie zufällig hinüber und nahm ihn in die Hand ...

/ Tony / Tom darf nicht / warum sollte Anthony nicht /
„Ach lass doch, das waschen wir später ab", sagte Anthonys Mutter. Sie nahm Rae den Löffel aus der Hand und warf ihn zurück ins Becken.
Hm. Das war ja nicht allzu aufschlussreich, dachte Rae. Nichts, was ihr bei der Suche nach Anthonys Vater helfen konnte, wenn sie es denn wirklich vorhatte.
Rae versuchte, die Mischung aus Angst und Ärger, Begierde und Fürsorge abzuschütteln, die die Gedanken in ihr ausgelöst hatten. Anthonys Mutter goss den Tee in Gläser. Rae blieb nicht viel Zeit. Sie musste es auf den direkten Kontakt mit den Fingerspitzen ankommen lassen.
Sie griff nach der freien Hand von Anthonys Mutter und hielt sie fest. „Vielen Dank. Sie geben mir wirklich das Gefühl, hier zu Hause zu sein", sagte sie. Es klang etwas holprig, aber es funktionierte. Anthonys Mutter drückte Raes Hand ein wenig, und Rae legte ihre Fingerspitzen auf die von Anthonys Mutter.
Sofort bildete sich tief in ihrem Bauch ein harter Knoten – die Angst, älter zu werden, am Ende allein zu bleiben. Ein Verlangen nach dem Brennen von Alkohol kroch ihren Hals hinab. Und die starke, ursprüngliche Liebe für ihre Kinder überflutete alles andere.
Tony, dachte Rae. *Was ist mit Tony?* Sie wollte versuchen tiefer in die Gedanken von Anthonys Mutter vorzudringen, in Gedanken, von denen sie selbst nicht mal wusste,

dass sie sie hatte. Verzehrende Reue wegen Wörtern, die nicht mehr rückgängig gemacht werden konnten. Furcht. Eine eiserne Speerspitze Zorn. Und das Kribbeln bei einem ersten Kuss. Damals auf der Fillmore Highschool, der Schule, auf die auch Anthony ging. Bei einem Tanz unter Girlanden aus Krepppapier. Und Tony Fascinellis Hand, die sich stückchenweise an ihren Hintern heranschob.

Anthonys Mutter machte sich los. Sie lächelte Rae gezwungen an. „Dann wollen wir den Stieren mal etwas zu trinken bringen", sagte sie. Rae nahm zwei Gläser, konnte von den sauberen Oberflächen aber nichts lesen. *Wenigstens habe ich herausgefunden, dass Tony und Anthonys Mutter zusammen auf die Highschool gegangen sind,* dachte sie. Und das war ja schon mal etwas.

Sie folgte Anthonys Mutter zurück ins Wohnzimmer. Als Rae Anthony ein Glas reichte, bemerkte sie plötzlich eine taube Stelle an ihrem Arm. Die Stelle erstreckte sich wie ein Streifen vom Handgelenk bis fast hinauf zur Schulter. Sie rieb daran, aber das taube Gefühl blieb.

„Ist dir kalt, Liebes?", fragte Anthonys Mutter.

„Nein, nein, alles bestens", antwortete Rae. Sie drückte ihren Fingernagel tief in die Haut ihres Arms. Und fühlte nichts. *Vielleicht ist es eine Nachwirkung vom Händedruck mit Anthonys Mutter? Vielleicht war es zu intensiv?,* dachte Rae. Allerdings hatte sie so was bisher noch nie gehabt. Sie trank einen Schluck Tee. Vermutlich war sie nur gestresst.

„Wir müssen jetzt gehen", sagte Anthony plötzlich. Ohne etwas getrunken zu haben, stellte er sein Glas auf den Couchtisch.
„Willst du Rae denn nicht wenigstens ihren Tee ...", begann seine Mutter.
„Wir sollten zusehen, dass wir zumindest noch den letzten Teil der Gruppensitzung mitbekommen", unterbrach er sie. Dann fasste er Rae am Handgelenk und stürzte mit ihr aus dem Haus.
„Bis wir da sind, ist die Gruppentherapie längst vorbei", sagte Rae, als sie im Auto saßen.
Anthony hob eine Augenbraue. „Soll das heißen, du wärst gern noch geblieben?"
„Na ja, irgendwie fand ich Tom total nett", antwortete sie und hoffte auf einen billigen Lacher. Aber Anthony stieg nicht darauf ein.
„Weißt du noch, was er über dich und das Sanderson-Football-Team gesagt hat?", fuhr sie fort. „Ich wette, er hatte Recht. Ich wette, du spielst gut genug, um ein ‚Sanderson Sabertooth' zu werden. Und dass das ein Traum von dir ist, hast du ja neulich gesagt, als wir bei dieser Übung in der Gruppe von unseren Hoffnungen und Wünschen sprechen sollten."
„Und was Tom sonst noch gesagt hat, hast du wohl vergessen?", entgegnete Anthony. „Dass ich ja doch viel zu blöd dazu bin?"

„Na und. Er weiß ja auch gar nicht, wie viel du geübt hast", protestierte Rae. „Sag mal, Anthony, ist dir überhaupt nicht klar, was für Fortschritte du beim Lesen gemacht hast? Du hast mir doch erzählt, dass es sogar deine Lehrerin bemerkt hat."

„Ja, ja, ich bin schon ganz schön clever – für einen Idioten jedenfalls", antwortete Anthony. „Und überhaupt: Warum reden wir hier eigentlich von mir? Du bist doch diejenige, die bei diesem Hoffnungen-und-Wünsche-Scheiß keine vernünftige Antwort ausgespuckt hat."

Rae hätte ihn am liebsten gefragt, warum er jetzt wieder mit diesen Hoffnungen und Wünschen anfing, wenn er es für Scheiß hielt. Aber es war ja klar, warum. Er versuchte das Thema zu wechseln. Und dazu war ihm jedes andere Thema recht.

„Gut, dann verrate ich dir einen Traum." Rae dachte einen Augenblick nach. „Seit die Sache mit den Fingerabdrücken angefangen hat, bade ich unheimlich gern. Die Badewanne ist ein Ort, an dem ich keine fremden Gedanken empfange. Alle Gedanken stammen nur von mir. Darum ist einer meiner Träume, schwimmen zu können. Ich stelle es mir wunderbar vor."

„Du kannst nicht schwimmen? Ich dachte, Mädchen wie du haben Schwimmstunden und Ballett und all so was", entgegnete Anthony.

„Ich hatte mal Pech mit einem kaputten Schwimmflügel",

erklärte Rae. „Die Vorstellung, im Wasser zu sein und mit den Füßen nicht auf den Boden zu kommen, macht mich wahnsinnig. Was natürlich die ganze Angelegenheit mit dem Traum vom Schwimmen eher schwierig macht."

„Komm morgen zum Y-Bad", sagte Anthony. „Dann bringe ich dir Schwimmen bei. Du hast sowieso noch was gut bei mir." Er machte eine Pause. „Du weißt schon, wegen der Sache mit dem Lesen."

Ich muss ihm einfach nur sagen, was ich mir wünsche, und er versucht gleich, es für mich möglich zu machen, dachte Rae. Er hatte sich schon so oft für sie krumm gelegt, in großen und in kleinen Dingen.

Ich werde seinen Vater für ihn ausfindig machen, auf jeden Fall, versprach sie sich. *Und vielleicht, ganz vielleicht, gibt es ja noch etwas, was ich für ihn tun kann.*

Kapitel Zwei

Obwohl es in Raes Bauch schon gluckerte, trank sie noch einen Schluck aus dem Wasserspender vor der Cafeteria. So hatte sie wenigstens etwas zu tun, während sie auf Marcus Salkow wartete. Eigentlich hätte sie ja nicht unbedingt etwas tun müssen, aber sie kam sich blöd vor, einfach nur auf dem Flur herumzustehen.

Reiß dich zusammen, Rae, sagte sie sich. *Dein kleiner Ausflug in die Nervenheilanstalt hat letztes Frühjahr stattgefunden. Die Leute tuscheln jetzt nicht mehr darüber. Sie laufen nicht den ganzen Tag durch die Gegend und denken über dich nach. Niemand wundert sich, warum du allein auf dem Flur stehst.*

Sie strich sich eine Haarsträhne aus dem Gesicht und trank trotzdem noch einen Schluck, wobei sie das Wachs auf ihren Fingerspitzen davor schützte, irgendwelche fremde Gedanken aufzunehmen.

Als sie sich wieder aufrichtete und sich umdrehte, sah sie Marcus um die Ecke biegen und auf die Cafeteria zusteuern. Rae bemerkte, dass eine Reihe Mädchen ihm interessierte und dennoch gewollt unauffällige Blicke zuwarfen. War das verwunderlich? Der Typ sah wirklich blendend aus: blonde Haare, grüne Augen und breite Schultern. Von oben bis unten ein Highschool-Gott.

„Marcus!", rief sie. Als er sie ansah und ihr zulächelte, begannen ein paar nass gespritzte Schmetterlinge in ihrem Magen zu flattern. *Das hat nichts zu bedeuten,* sagte sie sich. *Das ist ganz normal, wenn sich Ex-Freund und Ex-Freundin begegnen.*

„Hallo, Rae. Hi!", sagte Marcus, als er zu ihr trat.

Wahrscheinlich denkt er, ich will mit ihm über dieses Telefongespräch reden. Als er neulich anrief und sagte, dass er wieder mit mir zusammen sein wollte, wurde ihr klar. Am liebsten wäre sie herausgeplatzt: „Schon okay, Marcus. Ich weiß ja, dass du dir an dem Abend ein paar Bier hinter die Binde gekippt hattest." Aber sie ließ es. Wenn er damit anfing, dann wusste sie auf jeden Fall, was sie sagen konnte. Und wenn nicht – dann war es nur umso besser. Die Vorstellung, wieder mit Marcus zusammen zu sein, weckte so viele Gefühle in ihr – gute und schlechte –, dass ihr Hirn gefror, sobald sie nur daran dachte.

„Äh, wie geht's denn so?", fragte Marcus und stellte sich ziemlich nah neben sie. So nah, dass sie seinen altbekannten Duft wieder riechen konnte – eine Mischung aus grünem Tee, Gewürzseife, ein wenig männlichem Schweiß und Karamellbonbons.

Frag ihn, was du fragen willst, und lass ihn dann stehen, sagte Rae sich. „Wie wollen die Sanderson Sabertooth eigentlich durch die Saison kommen, wenn Vince nicht spielen kann?", sprudelte sie hervor.

Marcus' Augenbrauen schossen in die Höhe. Dennoch antwortete er so, als sei es völlig normal, dass sie irgendwo herumstanden und über Football plauderten. „Es wird nicht leicht für uns", gab er zu. „Ohne Vince ist es ganz und gar nicht mehr sicher, dass wir es bis zu den Nationalmeisterschaften packen. Von den Leuten aus der B-Mannschaft spielt keiner so gut wie er."

Rae nickte. Genau das hatte sie hören wollen. „Ich muss jetzt los", sagte sie. „Ich stecke gerade mitten in einem Bild und werde deshalb im Kunstraum essen." Sie wusste, dass sie sich besser noch ein paar Minuten mit ihm unterhalten sollte, anstatt einfach abzuhauen. Aber sie wollte nicht, dass er das Gespräch auf den Anruf brachte. Und außerdem wollte sie nicht mehr diesen Marcus-Duft einatmen. Er machte sie ganz schwindelig. „Bis demnächst", sagte sie und wandte sich zum Gehen.

„Rae." Er hielt sie am Ellbogen fest.

Sie drehte sich widerwillig um und blickte ihn an.

„Ich wollte dir noch sagen ... ich dachte, du sollst wissen ..." Er packte etwas fester zu. „Ich habe mich heute Morgen von Dori getrennt."

Rae erstarrte. Ihr Herz schlug unwillkürlich schneller. Marcus und Dori waren auseinander? Dann war Marcus jetzt also ... wieder zu haben?

Was machst du dir da überhaupt Gedanken?, warf sie sich sofort vor. Es konnte ihr doch völlig egal sein, ob Marcus mit Dori zusammen war oder nicht – mit ihm und Rae war es jedenfalls aus. Zum Glück!

Rae blinzelte, als sie merkte, dass Marcus immer noch so nah bei ihr stand und auf eine Antwort wartete. *Soll ich ihm jetzt vielleicht in die Arme fallen?*, überlegte sie. *Oder soll ich ihn beschimpfen und ihm sagen, dass ich nach dem, was er mir angetan hat, nie im Leben wieder mit ihm zusammen sein will?* Dass er zwei Sekunden, nachdem Rae in ihrem Krankenhausbett gelandet war, etwas mit Dori angefangen hatte, war wirklich mehr als eine kleine Affäre, die man ohne weiteres hätte vergessen können.

Marcus sah sie jetzt so eindringlich an, dass Rae schon Angst hatte, nachher zwei grüne Flecken im Gesicht zu haben.

„Äh, ich hoffe, dass ihr beide darüber wegkommt", murmelte sie schließlich. Dann drehte sie sich um und zog ab, ohne ihm Gelegenheit zu geben, noch irgendetwas zu sagen.

Sie lief auf direktem Weg zur Sporthalle. *Das ist jetzt sowieso nicht der richtige Zeitpunkt, um über Marcus nachzudenken*, sagte sie sich. *Du bist in einer Mission für Anthony unterwegs.*

Sie öffnete die Doppeltür und trat ein. Der Footballtrainer saß auf der Tribüne und aß sein Mittagessen. Rae hatte gewusst, dass sie ihn hier finden würde. Es hätte sie auch nicht gewundert, wenn er irgendwo einen Schlafsack in einer Ecke gehabt hätte und überhaupt nie nach Hause ging.

„Hallo, Mr Mosier", sagte Rae, als sie näher kam.

Er ließ sich eine Minute Zeit, bevor er vom Sportteil der Zeitung aufsah, die vor ihm lag.

„Ich ... ich ..." *Warum habe ich das bloß nicht vorher geübt?*, dachte sie. „Ich kenne zufällig einen guten Footballspieler von der Fillmore Highschool. Er würde sehr gerne in unserem, äh, also in Ihrem Team spielen – davon redet er in letzter Zeit ständig."

„Guter Spieler?", fragte Mr Mosier. Er aß den letzten Bissen von seinem Power-Riegel. „Wie gut denn?"

Die Liga, dachte sie. *Er will die Liga wissen. Die kenne ich natürlich nicht.* „Sehr gut. Das Feld umkrempelnd gut. Nationalmeisterschafts-gut", fügte sie mit einem plötzlichen Einfall hinzu.

Mr Mosier kniff die Augen zusammen. „Ist er vielleicht dein Freund?"

„Nein", sagte Rae schnell. Sie setzte sich neben Mr Mosier. „Ich dachte nur, Sie sollten wissen, dass es einen guten Spieler gibt, der in Ihr Team möchte – wo Vince doch für den Rest der Saison ausfällt. Marcus hat mir gesagt, dass Vince eine große Lücke im Team hinterlässt."

Das war das magische Wort, bemerkte Rae. Mr Mosier interessierte sich nicht mehr für seinen Sportteil. Jetzt schenkte er ihr absolute Aufmerksamkeit. Und dazu hatte sie nur Marcus' Namen erwähnen müssen.

„Es ist ja kein Ding der Unmöglichkeit, für einen Schüler einer öffentlichen Schule ein Stipendium zu bekommen", antwortete Mr Mosier. „Sind seine Leistungen denn in Ordnung?"

Mist! Das war genau die falsche Frage. Rae hatte gehofft, dass Mr Mosier sich Anthony erst einmal im Spiel ansehen würde, bevor es um seine schulischen Leistungen ging.

„Es ist so", antwortete sie. „Anthony ist Legastheniker. Man hat es erst kürzlich festgestellt." Sie fügte nicht hinzu, dass sie diejenige war, die es festgestellt hatte. „Er gibt sich jetzt viel Mühe, damit fertig zu werden, und er hatte auch schon erste Erfolge. Allerdings sind seine Noten ziemlich miserabel, zumindest noch in diesem Halbjahr. Aber ich bin sicher, dass er sich danach deutlich verbessern wird."

Mr Mosier faltete das Papier seines Power-Riegels zu einer kleinen Triangel. Mit Daumen und Zeigefinger schoss er es über die Reihen. „Touchdown!" Dann wandte er sich wieder an Rae. „Wenn er bereit ist, morgen zum Training zu kommen, dann bin ich bereit, ihn mir mal anzusehen. Mehr kann ich nicht sagen."

Rae sprang auf. „Er kommt ganz bestimmt", versprach sie. „Er heißt Anthony Fascinelli. Und er kommt auf alle Fälle!" Sie lief zur Tür.

„Wenn mir das, was ich sehe, gefällt, muss er natürlich ein paar allgemeine Leistungstests machen", rief Mr Mosier ihr nach. „Aber wenn er wirklich so gut ist, kann ich vielleicht etwas für ihn tun."

„Das ist er. Er ist so gut", rief Rae zurück. Sie hatte Anthony zwar noch nie spielen gesehen, aber sie war sich ganz sicher, dass es so war. Vollkommen sicher!

Sie fühlte ihre Füße auf dem Boden fast nicht mehr, als sie zu ihrem Schließfach lief. Anthony würde es sicher kaum glauben können! Wenn er auf die Sanderson Highschool gehen könnte, würde das möglicherweise sein ganzes Leben verändern. *He, ich bin richtig gut,* dachte Rae, als sie die Zahlenkombination an ihrem Schloss einstellte. Sie zog das Schloss auseinander und öffnete die Metalltür. Ein großer, violetter Umschlag war vor ihre Bücher geknautscht.

Rae schluckte. Sie sah den Umschlag an, wagte nicht, ihn zu berühren. Ihr erster Impuls war, die Tür einfach wieder zuzuwerfen und wegzulaufen. Sie wollte lieber nicht wissen, was sich in dem Umschlag befand.

Nicht alles, was unerwartet kommt, muss etwas Schlechtes bedeuten, sagte sie sich. Sie atmete tief ein, dann nahm sie den Umschlag und riss ihn auf, sodass der obere Rand einer Fotografie erkennbar wurde.

„Siehst du, es ist nichts Beängstigendes", flüsterte sie. „Jemand hat dir ein Foto geschenkt." Dann sah sie kurz den Flur entlang, um sicherzustellen, dass niemand sie dabei beobachtete, wie sie mit sich selbst sprach.

Wahrscheinlich ist es von Marcus, dachte Rae. Und sie war

tatsächlich schon drauf und dran gewesen, beim Anblick eines sicher absolut harmlosen Umschlags ihres Ex-Freundes auszurasten! Sie seufzte, dann zog sie das Foto aus dem Umschlag heraus.

Sobald sie das ganze Foto sah, blieb ihr der Atem im Hals stecken. Marcus hatte hiermit ganz und gar nichts zu tun! Sie starrte das Bild an, war unfähig ihre Augen abzuwenden, obwohl sie es gern getan hätte. Lieber als alles andere! Aber ihr Blick haftete auf der Frau auf dem Foto. Sie war so hübsch, wie sie dort in ihrem Badeanzug stand, mit einem großen Wasserball unter dem Arm und einem strahlenden Lächeln im Gesicht.

Aber auf ihrer Stirn ... auf ihre Stirn hatte jemand mit rotem Nagellack ein riesiges Loch und Bluttropfen gemalt. Ein mit dicken Strichen gezeichneter Sarg umschloss ihren Körper.

„Und du hast die Frau auf dem Foto nie zuvor gesehen? Kommt sie dir nicht irgendwie bekannt vor?“, fragte Anthony.

Rae schüttelte den Kopf. Sie wickelte sich ihr Handtuch eng um die Schultern, obwohl sie bisher noch nicht mal ihre Füße ins Becken getaucht hatte.

„Als Erstes habe ich mir das Wachs von den Händen gewischt, um die Fingerabdrücke lesen zu können. Aber da war nichts“, antwortete Rae.

Anthony hatte ein Gefühl, als sei jemand mit dem Finger über seine Wirbelsäule gefahren. „Das heißt ..."

„Das heißt, dass derjenige, der mir dieses kleine Geschenk hinterlassen hat, offenbar weiß, dass ich anhand von Fingerabdrücken Gedanken lesen kann", unterbrach Rae ihn mit lauter und schriller Stimme. „Das heißt, dass da wieder jemand hinter mir her ist. Und ich weiß nicht, warum. Und ich weiß nicht, wer – abgesehen von der Tatsache, dass der Unbekannte keine Schwierigkeiten hatte, mein Schließfach zu finden."

„Mist", murmelte Anthony.

„Allerdings", meinte Rae.

„Ich denke, wir müssen davon ausgehen, dass es derselbe Spinner ist, der hinter der Rohrbombe steckte und der Jesse entführt hat", sagte Anthony.

„Und dein Auto verwanzt hat und was sonst noch alles getan hat", fügte Rae hinzu. „Oder hoffen wir zumindest, dass dies alles ein und dieselbe Person war, sonst ..." Sie führte den Gedanken nicht zu Ende.

Warum gab es jetzt nicht jemanden, den Anthony für all das, was Rae widerfuhr, zusammenschlagen konnte? Er hasste es, wenn er sich so hilflos fühlte.

„Aber weißt du, dass heute trotzdem noch etwas Gutes passiert ist?", sagte Rae. Und sie lächelte. Ein breites, über das ganze Gesicht strahlendes Lächeln, bei dem sich ihre Augenwinkel in kleinen Fältchen kräuselten.

„Cool. Sag mir, was. Aber mach schnell, damit wir noch ein bisschen Zeit im Becken haben", fügte Anthony hinzu. Er wusste, dass die Sache mit dem Schwimmen ihr Angst machte, aber es würde eine Ablenkung von all dem anderen Mist sein. Außerdem musste sie wirklich dringend schwimmen lernen.

„Also gut. Vince ist Running Back in der Sanderson Mannschaft. Er hat sich das Bein gebrochen. Ein komplizierter Bruch", sprudelte Rae hervor. „Die Mannschaft braucht dringend einen guten Ersatzmann. Sonst schaffen sie es nicht zur Nationalmeisterschaft. Und ich habe dem Trainer von dir erzählt."

„Von mir erzählt?", wiederholte Anthony. In seinem Kopf begann es zu rauschen.

„Ja, von dir. Und davon, wie gut du bist. Und dass du der Retter der Sanderson Sabertooth sein könntest", erklärte Rae. Sie wippte auf den Zehenspitzen, wie ein kleines Mädchen. „Er hat gesagt, du sollst morgen mal zum Training kommen. Wenn ihm das, was er sieht, gefällt ..."

„Ich soll zum Training kommen?" Ihre Worte klangen durch das Rauschen in seinem Kopf ganz verzerrt. Sagte sie auch wirklich das, was er zu hören glaubte? Bei den Sanderson Sabertooth zu spielen, vielleicht bei der Nationalmeisterschaft mitspielen zu können ... Anthony sah plötzlich Tom vor sich, wie er im Publikum stand und ihm zusah. Das würde diesem Arsch endlich das Maul stopfen. Vielleicht würde ja sogar sein Vater ... er schüttelte den Kopf und zwang sich weiter zuzuhören, was Rae sagte.

„... sollst um drei auf dem Platz sein. Mr Mosier, der Trainer, meint, dass du vielleicht auch ein Stipendium bekommen könntest. Falls du so gut bist, wie ich gesagt habe. Wovon ich fest überzeugt bin. Du musst nur ein paar allgemeine Leistungstests machen ..."

Rae sprach noch weiter, aber nach „allgemeine Leistungstests" hörte Anthony kein Wort mehr.

„Spinnst du eigentlich?", fragte er. „Du weißt besser als jeder andere, dass ich null Chance habe, irgendeinen Test zu bestehen."

„Das ist nicht wahr." Raes blaue Augen schossen geradezu Blitze auf ihn. „Du hast doch so viel geübt, und du bist viel besser geworden. Das hat auch deine Englischlehrerin gesagt."

„Ja, ich bin richtig gut geworden – für einen Vollidioten wenigstens", fuhr Anthony auf.

„Sag nicht so was", forderte Rae.

„Ich sage, was ich will", antwortete Anthony. „Jetzt hör endlich auf zu trödeln und geh ins Becken."

Rae zog sich das Handtuch von den Schultern und warf es Richtung Wand. Dann ging sie zum flachen Ende des Beckens und stieg, ohne eine Sekunde zu zögern, die Stufen hinab. Anthony folgte ihr langsam und versuchte nicht allzu sehr darauf zu achten, wie viel von ihrer Haut jetzt zu sehen war.

„Zuerst musst du lernen, dich auf dem Rücken treiben zu lassen. Versuch es mal", forderte er sie auf. Er merkte, dass sie zitterte, allerdings nur ein kleines bisschen. Er wusste nicht, ob es daran lag, dass ihr kalt war, oder weil sie Angst hatte. Ob es eine verspätete Stress-Reaktion war, oder ob sie wütend auf ihn war. Er wusste es einfach nicht. Und es kümmerte ihn auch nicht. Dieses Mädchen hatte überhaupt keine Ahnung, was sie ihm da gerade angetan hatte. Sie hatte ihm etwas vor die Nase gehalten, wovon sie wusste, dass er sein Leben dafür geben würde. Sie hatte ihn eine Weile damit geneckt, dann hatte sie es weggezogen. Warum hatte sie überhaupt von der Mannschaft angefangen, wenn sie doch wusste, dass dazu eine Prüfung unausweichlich war? Er war eben dumm. Und Prüfungen – vergiss es!

„Warum stehst du noch so rum?", blaffte er Rae an. „Du sollst dich treiben lassen!"

„Ich habe dir doch gesagt: Ich kann nicht schwimmen", verteidigte sich Rae. „Und zwar absolut nicht."

Anthony streckte seine Arme aus. Mit einem Arm umfasste er sie an den Schultern, mit dem anderen an den Knien und brachte sie in Rückenlage. „Halt den Kopf nach hinten und die Brust nach oben. Dann schwimmst du", erklärte er. „Ich halte dich so lange fest, bis es klappt", fügte er hinzu.

Rae sog einen langen, zittrigen Atemzug ein und kniff die Augen zu. Sie machte ein Gesicht, als stünde sie kurz vor ihrer Hinrichtung.

„Du darfst dich nicht so verkrampfen", sagte Anthony. „Denk an etwas ganz anderes. Zum Beispiel an die Wolken, die du an die Wand in eurem Flur gemalt hast. Vergiss einfach, dass du im Wasser bist, und stell dir vor, du wärst auf diesen Wolken."

Raes Körper blieb steif. Während er sie hielt, konnte er ihre angespannten Muskeln spüren. Sie hatte es wirklich ernst gemeint, als sie von ihrer Angst vor dem Schwimmen sprach. „Ich halte dich. Ich halte dich." Er wiederholte diese Worte immer wieder, bis er sah, dass sie sich zu entspannen begann. Dann schwieg er einfach und wartete, bis sie von selbst auf dem Wasser trieb.

„Du kannst es doch", sagte er schließlich mit gedämpfter Stimme, damit sie nicht erschrak.

Rae öffnete ein Auge und sah ihn an. „Ich kann es?"

„Du kannst es", antwortete er. Er zog langsam seine Arme von ihr weg und zeigte sie ihr. „Siehst du? Du machst es ganz allein."

Sie trieb noch eine halbe Sekunde lang auf der Oberfläche, dann beugte sie ihren Kopf zu weit zurück und bekam Wasser in den Mund. Und damit war es vorbei. Strampelnd und rudernd ging sie unter.

Anthony griff nach ihr, erwischte ihre Hand und zog die

spuckende und hustende Rae wieder auf die Füße. Das Wasser rann ihr nur so aus der Nase. „Du siehst aus ..."

Er unterbrach sich plötzlich, weil seine Finger zu kribbeln begannen. Es fühlte sich an, als ob Elektrizität von Rae zu ihm hinüberfloss, durch seine Finger, seinen Arm, bis hinauf ins Hirn. Er blickte in ihr Gesicht und hätte fast einen Satz zurück gemacht, als er den Ausdruck in ihren Augen sah. Sie starrte ihn an, als sähe sie tief in ihn hinein.

Sie bekommt gerade eine Ladung meiner Gedanken, wurde ihm klar. Er machte seine Hand von ihrer los und unterbrach damit den Fingerspitzen-Kontakt.

„Entschuldigung", sagte sie leise. „Ich wollte nicht ..."

„Ich weiß", entgegnete Anthony. Er stellte sich lieber nicht vor, was sie da gerade aus seinem Kopf gezerrt hatte. Obwohl sie ohnehin so gut wie alles über ihn wusste, seitdem sie sich das letzte Mal mit den Fingerspitzen berührt hatten.

„Also. Willst du es noch mal versuchen?" Er wusste, dass ihr der Schrecken noch in den Gliedern saß und sie Angst hatte, noch mal unterzugehen. Aber wenn sie die Sache jetzt für beendet erklärte, würde es beim nächsten Mal noch viel schwieriger werden.

„Ich habe eine taube Stelle an meinem Bein", antwortete Rae. Sie strich mit dem Finger über ihre Wade.

„Eine Art Krampf?", fragte er.

„Nein, eine tote Stelle. Ich habe dort überhaupt kein Gefühl." Sie klopfte mit einem Finger darauf. „Ich muss einen Augenblick rausgehen." Sie ging auf die Treppe zu, aber bevor sie die Hälfte des Wegs zurückgelegt hatte, knickte ihr linkes Bein weg.

Anthony konnte sie gerade noch rechtzeitig um die Taille fassen, bevor sie erneut unterging, und half ihr aus dem Becken heraus. Er brachte sie zu den Handtüchern und griff, ohne sie loszulassen, nach dem von Rae. Sie zitterte jetzt am ganzen Körper. „Ist alles in Ordnung?", fragte Anthony, während er das Handtuch um sie legte.

„Ja, ja. Alles klar", antwortete Rae mit klappernden Zähnen.

Anthony nahm einen Zipfel des Handtuchs und trocknete ihr das Gesicht ab.

„Danke", murmelte Rae.

Anthony strich weiter mit dem Tuch über ihre Wange, obwohl sie schon trocken war. Rae war so hübsch. Warum musste sie so verdammt hübsch sein? Seine Augen glitten zu ihren Lippen. Sie waren voll und sinnlich, wie mit etwas Süßem gefüllt. Und er wollte nichts mehr, als sie küssen. Rae küssen und ihr ganz nah sein.

Rae bewegte sich den Bruchteil eines Zentimeters auf ihn zu. Wusste sie, was er dachte? *Wollte sie,* dass er sie küsste?

Anthony ließ das Handtuch los und trat einen Schritt zurück. „Vielleicht solltest du dich einen Moment hinsetzen", sagte er. „Ich geh mal eben ... ich geh mal eben ein paar Bahnen schwimmen." Dann warf er sich ins kalte

Wasser, bevor er etwas Dummes tun konnte. Denn ein Kuss wäre etwas sehr, sehr Dummes gewesen. Zwischen ihm und Rae durfte nichts passieren. Sie waren Freunde, okay. Aber um mehr als das zu sein – dazu waren sie viel zu verschieden.

Rae legte ihr Buch auf den Nachttisch und strich vorsichtig mit dem Fingernagel über ihre Wade. Obwohl ihr Nagel kaum die Haut berührte, spürte sie ihn. Das taube Gefühl war vergangen. Es hatte sich vor etwa einer Stunde verflüchtigt, als sie vom Schwimmbad nach Hause gekommen war. Trotzdem wollte sie es lieber immer wieder nachprüfen. Denn was wäre, wenn ...

Denk gar nicht erst darüber nach, befahl sich Rae. Sie griff wieder nach ihrem Buch *Der scharlachrote Buchstabe,* fand die Stelle, an der sie aufgehört hatte, las einen Satz. Las ihn noch mal. Dann schlug sie das Buch entschlossen zu und warf es irgendwo ins Zimmer. Ihre Konzentration war gleich null. Falls sie morgen einen Test darüber schreiben sollten, würde sie sich eben durchmogeln müssen. Aber sie kannte die Geschichte ja sowieso schon ziemlich gut.

Rae strich wieder mit dem Fingernagel über ihr Bein. Immer noch alles in Ordnung. Aber wenn nun ... Sie schloss die Augen, als könne das helfen den Gedanken abzuwenden. Aber es half nicht. *Wenn nun das, was mit mir vor sich geht, dasselbe ist, was Ma passiert ist?*

Dieser Gedanke war Rae nicht neu. Sie fragte sich schon seit einer Weile, ob ihre Mutter vielleicht in einer psychiatrischen Anstalt gelandet war, weil sie die gleiche Gabe besessen hatte wie Rae. Eine Gabe, die Raes Mutter nicht als solche erkannt hatte – wie es Rae gelungen war. Ständig irgendwelche fremden Gedanken aufzufangen, konnte einen wirklich zu der Annahme bringen, dass man verrückt war. Rae wusste das aus eigener Erfahrung.

Sie klopfte auf ihr Bein. Ganz normal, immer noch.

Das Problem war nur, dass sie bis heute nicht daran gedacht hatte, dass der rätselhafte Tod ihrer Mutter möglicherweise mit der Gabe, Fingerabdrücke lesen zu können, in Verbindung stand – falls ihre Mutter diese Gabe tatsächlich besessen haben sollte. Hatte die Gabe vielleicht Auswirkungen auf den Körper? War das der Grund, warum der Körper ihrer Mutter so rasch verfallen war? Raes Vater hatte ihr erzählt, dass die Ärzte niemals eindeutig festgestellt hatten, woher dieser plötzliche Verfall gekommen war. Und offensichtlich hatten sie auch nie herausgefunden, wie man ihn hätte aufhalten können.

Muss ich vielleicht auch sterben? Der Gedanke hatte die Wucht eines Faustschlags. *Ein paar taube Stellen, die gerade mal eine Weile andauern, sind ja wohl etwas anderes als Verfall,* sagte sich Rae. Sie klopfte auf ihr Bein. Alles normal. Sie klopfte auf die Stelle am Arm, die taub geworden war, als sie bei Anthony gewesen war. Auch normal.

Vielleicht hätte ich Tom als Einheizer benutzen sollen, damit Anthony morgen seinen Arsch zum Training bringt, dachte Rae, als sie sich an den Streit erinnerte, den Anthony und Tom gestern gehabt hatten. Sie blickte zum Telefon. Sie konnte ihn anrufen. Es noch mal versuchen.

Nein. Er war viel zu sauer gewesen. Wenn sie ihm nur klar machen könnte, wie viel besser er geworden war. Rae seufzte. Das war wohl etwas, was er selbst herausfinden musste. Der große, dickköpfige ... Anthony.

Heute war es mit ihm wirklich total schief gelaufen. Erst das Desaster wegen der Football-Mannschaft, und dann hatte sie ihn erschreckt, weil sie zufällig seine Fingerspitzen berührt hatte. Sie hatten den Kontakt schnell unterbrochen, aber Rae hatte trotzdem noch eine Woge Gedanken, Ängste und Wünsche mitbekommen.

Den Wunsch nach einer Gewissheit darüber, dass sein Vater ein toller Typ war. Rae hatte das Gefühl, dass das etwas war, was Anthony ständig mit sich herumschleppte. Seit sie das erste Mal Gedanken von ihm aufgenommen hatte, wünschte sie sich, dass mehr über seinen Vater dabei gewesen wäre. Etwas, das ihr dabei helfen konnte, ihn ausfindig zu machen. Aber die einzige weitere Information über seinen Vater war der Bruchteil einer Erinnerung aus der Zeit, als Anthony noch ein Kleinkind gewesen war.

Anthony saß auf dem Schoß seines Vaters. Sein Dad spielte „Wer bin ich?“ mit ihm. So oft er die Hände vom Gesicht nahm, gab sein Vater sich einen anderen Namen. „Jetzt bin ich Joe Malone." – „Jetzt bin ich Andy Hall." – „Jetzt bin ich Rick Ramos."

Und das war alles. Eine nette kleine Erinnerung. Aber nichts, was sie gebrauchen konnte.

Rae warf einen Blick auf *Der scharlachrote Buchstabe.* Das Buch lag auf dem Boden. Sollte sie versuchen, doch noch weiterzulesen? Während sie darüber nachdachte, klopfte sie wieder auf ihr Bein. Aber bevor sie eine Entscheidung treffen konnte, klingelte das Telefon. Eilig nahm Rae ab. „Hallo?"

„Hallo, hier ist Yana."

Rae lächelte. Sie war erleichtert über diese kleine „normale" Abwechslung. Mit Yana gab es keine schwer wiegenden Probleme. Keine Angst, verfolgt zu werden oder auf Rohrbomben zu treffen. „Hallo", sagte Rae. „Was gibt's?"

„Morgen gehen wir zusammen shoppen", verkündete Yana in ihrer typischen unbekümmerten Art. „Ich hole dich von der Schule ab."

Rae presste die Lippen zusammen. „Ehrlich gesagt – morgen ist für mich nicht so günstig", meinte sie. Sie hatte vor, zu Anthonys Schule zu gehen und zu sehen, ob sie irgendetwas über seinen Vater herausfinden konnte.

„Nein. Du hast mich nicht verstanden", sagte Yana. „Entweder wir gehen shoppen, oder du musst mir den Gnadenschuss geben. Ich hatte gerade einen riesigen Streit mit meinem Vater – mal wieder. Jetzt ist er weg, Gott sei Dank. Aber wenn ich mir nicht ein bisschen Vergnügen bereite, und zwar schnell – dann brauchst du mich vielleicht noch nicht mal mehr umzubringen. Ich werde einfach spontan explodieren."

„Muss es denn sofort nach der Schule sein?", fragte Rae mit einem Anflug von schlechtem Gewissen. „Können wir uns nicht zum Beispiel gegen fünf treffen?" Dann bliebe ihr genügend Zeit, an der Fillmore Highschool vorbeizuschauen.

„Ach neee!", jaulte Yana auf. „Was immer du auch vorhast: Nimm mich bitte mit. Und wenn du zum Zahnarzt gehst, setze ich mich ins Wartezimmer und lese Zeitschriften. Das macht mir gar nichts. Ich will nur nicht allein sein."

„Na gut. Okay. Dann hol mich ab", antwortete Rae. Außerdem würden die Nachforschungen sowieso mehr Spaß machen, wenn Yana dabei war. „Willst du mir nicht noch von dem Streit erzählen ..."

„Oh, verdammt! Ich lackiere mir gerade die Zehennägel, und jetzt habe ich den ganzen Nagellackentferner über das Handtuch verschüttet. Ich rufe dich später noch mal an." Yana legte auf, bevor Rae antworten konnte.

Rae legte ebenfalls auf, dann erhob sie sich von ihrem Bett. *Bis Yana zurückruft, kann ich ja lesen,* dachte sie und ging zu ihrem Buch. Sie bückte sich, um es aufzuheben – und erstarrte.

Draußen war jemand. Vor dem Fenster. Dieser Jemand schien sich in den Büschen zu verstecken. Beim Versuch, weitere Fotos zu schießen. Oder eine neue Rohrbombe zu legen.
Aber diesmal wird nichts daraus, dachte Rae. *Diesmal werde ich herausfinden, wer du bist.*
Gebückt schlich sie zum Fenster. Die Stelle an ihrem Bein, die taub gewesen war, begann zu prickeln. Sie achtete nicht darauf. Noch ein paar Schritte, dann würde sie etwas sehen können. Als sie nahe genug war, hielt sie sich an der Fensterbank fest, um die Balance zu halten. In ihrer gebückten Haltung riskierte sie einen Blick aus dem Fenster. Es war nichts zu hören. Aber das Knacken in den Büschen blieb.
Vorsichtig richtete Rae sich ein kleines Stück auf, um besser sehen zu können. „Pemberly!", rief sie aus. Es war nur die Nachbarskatze, die gerade dabei war, einen Vogel zu jagen. „Mein Gott, hast du mich erschreckt!", sagte Rae und stand ganz auf.
Rae wusste nicht, was schlimmer war – die Tatsache, dass tatsächlich jemand hinter ihr her war, oder die Art, wie sie dadurch langsam zu einer paranoiden Verrückten wurde. Und zwar diesmal zu einer wirklich Verrückten!

Kapitel Drei

Durch Jesses Entführung habe ich ein paar interessante Informationen über dich erhalten, Rae Voight. Ich weiß jetzt endlich, was du kannst – worin deine Gabe besteht. Aber es könnte nützlich sein, abzuwarten und noch ein bisschen länger zuzusehen. Vor allem, weil ich jetzt weiß, dass es da noch einen anderen gibt, der dich beobachtet — fast genau so intensiv, wie ich es tue. Ich überlege die ganze Zeit, warum. Vielleicht aus einem ähnlichen Grund wie ich? Gibt es noch jemanden, der dich am liebsten tot sehen würde? Wenn ich dich leben lasse – nur noch für eine Weile – werde ich die Antworten auf diese Fragen sicher finden können. Und sobald ich sie gefunden habe, wirst du nutzlos für mich sein. Dann kommt der vergnügliche Teil. Dann kommt meine Rache. Dann stirbst du, Rae!

***

Da kaut schon wieder jemand diesen Fruchtkaugummi, dachte Anthony. Wie sollte er bei diesem Geruch nachdenken können? Er rückte mit dem Stuhl. Wer war nur auf die Idee gekommen, eine Wölbung in der Mitte des Sitzes anzubringen? Sie sollte wohl genau die Form eines Hinterns nachbilden. Aber es gab nun mal keine Einheitsgröße für Hintern. Und zu heiß war es in diesem verdammten Raum auch. Unterricht in einer Alukiste zu veranstalten, in einer Stadt wie Atlanta, in der es so richtig heiß wurde, war der reinste Schwachsinn.

Sei ehrlich, Fascinelli. Wenn der Englischunterricht für Finken im Waldorf-Astoria-Hotel stattfände, mit deinem Arsch auf einem Viertausend-Dollar-Stuhl und der voll aufgedrehten Klimaanlage, fändest du es auch nicht besser.

Er sah in sein Lesebuch und fand den Satz, durch den Brian Salerno sich gerade durchzuwursteln versuchte. Er wollte vorbereitet sein, wenn Mrs Goyer ihn aufrief. Und dass sie das tun würde, war ihm völlig klar. Sie schenkte ihm immer wieder ihr spezielles aufmunterndes Lächeln.

Salerno buchstabierte den Satz zu Ende. Mrs Goyer machte ein paar „braver Junge"-Geräusche, und dann – genau wie Anthony es vorhergesehen hatte – rief sie ihn auf. Plötzlich merkte er, dass seine Schnürsenkel durch seine Turnschuhe hindurch auf seine Füße drückten. Und sein T-Shirt fühlte sich an, als wöge es mit einem Mal um die 20 Pfund. Anthony atmete tief ein und stellte sich vor, dass er in Raes Zimmer saß. Ohne Stress. Nur sie beide.

O.k. Also los. Er legte seinen Finger unter das erste Wort des Satzes – und konnte beinahe fühlen, wie Rae ihm das Wort auf den Rücken schrieb. „Ein", sagte er. Jesses Bild

leuchtete in seinem Hirn auf – „Freund". Er zögerte, als er das nächste Wort anging. Es war eins dieser kurzen Wörter. Eins, das er glaubte, kennen zu müssen. Das eigentlich jeder kennen musste. *Konzentrier dich,* befahl er sich. „Von", brachte er eine Sekunde später zögernd hervor. Dann stieg das Bild des ganzen Krempels in seinem Schrank vor ihm auf – „mir", gefolgt vom Bild einer Brille – „sah". Er konnte geradezu fühlen, wie Raes Finger sich wieder durch das T-Shirt in seine Haut drückten – „ein". Jetzt sah er Bibo, den großen gelben Vogel aus der Sesamstraße vor seinem geistigen Auge – „Vogel-", dann ein Nest in einem Baum – „-nest". Und er hatte den Satz beendet!
Anthony atmete tief durch und legte seinen Finger unter das erste Wort des nächsten Satzes. Vor ihm erschien das Bild der Knetgummi-Figur, die er und Rae zusammen gemacht hatten: ein kleiner Elefant, der sich am Schwanz eines großen Elefanten festhielt. „Hinter". Das Wort sprudelte einfach über seine Lippen. Sofort erschien ein neues Bild – das Zeichen auf einer Herrentoilette – „ihm".
Es klingelte. Sämtliche Finken im Raum packten zusammen. Zum ersten Mal in seinem Leben wünschte Anthony sich, dass der Unterricht noch ein bisschen weitergegangen wäre. Nur so lange, bis er den zweiten Satz beendet hatte. Er schnaubte, während er seine Jeansjacke anzog. Jetzt wurde er ja wohl völlig verrückt!
„Anthony", sagte Mrs Goyer, als er zur Tür ging. Okay, er

hatte sich zwar gewünscht, dass der Unterricht vielleicht noch eine Minute weitergegangen wäre – aber das hieß nicht, dass er gehofft hatte, dass die Lehrerin ihn aufhielt. Widerwillig drehte er sich um.

„Du warst heute wieder sehr gut“, sagte Mrs Goyer. „Offensichtlich übst du mehr zu Hause.“

„Ich habe jemanden, der mir hilft“, meinte Anthony.

Mrs Goyer grinste, als sei das die beste Nachricht, die sie je gehört hatte. Was irgendwie albern war. Anthony lächelte zurück. Nur aus Höflichkeit.

„Das freut mich“, antwortete sie.

Anthony warf sich den Rucksack über die Schulter. Er wusste nicht, was er sagen sollte. Darum winkte er flüchtig und ging hinaus. Während er zur Mathestunde ins Hauptgebäude lief, begegneten ihm ein paar Cheerleader. Ihre Plastik-Pompons produzierten ein flüsterndes Geräusch.

Was das wohl für ein Gefühl ist, wenn du auf dem Feld bist und diese Mädchen dir zujubeln? In seinem Kopf entwickelte sich das Bild einer Filmszene. Wobei die Mädchen in dem Film allesamt wie Rae aussahen. Und Anthony trug ein Football-Trikot der Sanderson Highschool. Er spielte im besten Team des Landes und ...

Er schüttelte den Kopf, versuchte dieses Bild loszuwerden. Aber es blieb. Vielleicht hatte Rae doch Recht? Vielleicht hatte er ja wirklich eine Chance, in die Mannschaft zu kommen?

Sofern er nicht ein zu großer Feigling war, um sich bei ihrem Training nach der Schule sehen zu lassen ...

„Anthony ist ein ziemlich verschlossener Typ", sagte Rae zu Yana, als sie am Freitagnachmittag vom Parkplatz der Sanderson Highschool fuhren. „Darum sag ihm lieber nicht, dass ich dich zu dieser kleinen Recherche mitgenommen habe, ja? Außerdem habe ich nicht vor, ihm überhaupt irgendwas zu verraten, bis ich seinen Vater tatsächlich ausfindig gemacht habe."

„Alles klar", antwortete Yana. Sie fasste ihr kinnlanges blondiertes Haar mit einer Hand zu einem kurzen Pferdeschwanz zusammen und lenkte mit der anderen Hand. So wie Yana fuhr, hätte Rae es besser gefunden, wenn sie drei Hände gehabt hätte, um mit zwei Händen lenken zu können. Aber sie behielt diesen Gedanken für sich.

„Wie läuft es denn mit deinem Vater?", fragte sie stattdessen.

„Wenn du ihn jemals kennen gelernt hättest, würdest du das nicht fragen." Yana bog mit quietschenden Reifen links ab. „Denk mal kurz an deinen Vater." Sie warf Rae einen Blick zu. „Fertig?"

„Mh", machte Rae.

„Wenn du dir jetzt das genaue Gegenteil von ihm vorstellst, dann hast du meinen", erklärte Yana.

„Du meinst, er hat noch alle Haare?", frotzelte Rae. Ihr

Vater hätte nämlich durchaus etwas Haarwuchsmittel gebrauchen können. Was er aber noch nicht bemerkt zu haben schien.

„Ich meine, mein Vater ist dumm wie Dreck", antwortete Yana, ohne die Augen von der Straße zu wenden. „Er regt sich über alles auf. Über *alles*. Sogar darüber, dass an der Innenseite der Ketschup-Flasche trockenes Ketschup klebt."

„Wow, also das ..."

„Ist zum Kotzen", warf Yana ein. „Ja, weiß ich. Aber in zwei Jahren habe ich meinen Schulabschluss, und dann bin ich ab durch die Mitte. Unbekannt verzogen."

Rae nickte bloß. Man musste kein Weltraumforscher sein, um kapiert zu haben, dass Yana das Gespräch über ihren Vater als beendet betrachtete. „An der Ecke müssen wir rechts abbiegen", erinnerte sie Yana. Sofort wechselte die Freundin im dichtesten Verkehr über zwei Spuren hinweg, ohne sich um das Gehupe ringsum zu kümmern. Rae blickte kurz in den Rückspiegel, um zu sehen, wie nah die anderen Wagen ihnen auf der Stoßstange hingen – und bemerkte, dass einen halben Block hinter ihnen ein bronzefarbener, kleiner Geländewagen einen ebenso raschen Spurwechsel vollzog. Während Yana rechts abbog, blickte Rae weiter in den Rückspiegel. Ihr Magen stülpte sich um, als sie sah, dass der Geländewagen wenige Sekunden später ebenfalls abbog.

„Äh, alles klar bei dir?", fragte Yana. „Ist da vielleicht ein scharfer Typ hinter uns, oder was?"
Rae wendete ihren Blick rasch vom Rückspiegel. „Nein", sagte sie. Dann machte sie eine Pause. „Es ist ... also gut. Vielleicht bin ich ja schon total paranoid. Aber hinter uns ist ein Wagen, der uns irgendwie verfolgt."
Yana lachte. „Der uns verfolgt?", wiederholte sie. „Kaum möglich. Soll ich versuchen, ihn abzuhängen?", witzelte sie.
„Nein", sagte Rae schnell. „Ich möchte lieber am Leben bleiben." *Und wenn wir jetzt zu viel Gas geben, ist der Person im Geländewagen doch gleich klar, dass wir sie entdeckt haben,* fügte sie unhörbar hinzu. Natürlich musste Yana glauben, dass Rae sich nur etwas einbildete. Aber nach allem, was Rae erlebt hatte, war sie sich da nicht mehr so sicher ...
Während Yana fuhr, warf Rae immer wieder kurze Blicke in den Rückspiegel. Der Geländewagen blieb einige Autos hinter ihnen, bis sie circa einen Block von Anthonys Schule entfernt waren. Dann bog er links ab und verschwand. Rae stieß einen tiefen Seufzer aus.
„Du meintest es also ernst, was?", fragte Yana.
Rae biss sich auf die Lippen. „Ja, ich meinte es ernst", gab sie zu. „Erinnerst du dich, dass ich dir erzählt habe, wie Anthony und ich verfolgt worden sind, als wir nach Jesse gesucht haben? Ich bin mir sicher, dass dieser Unbekannte weiß, wo Anthony zur Schule geht. Vielleicht war er es, und er ist abgebogen, weil er sich denken konnte, wohin

wir fahren." Rae seufzte wieder. „Oder vielleicht verfolgte uns der Wagen ja auch gar nicht. Wer weiß?"

Yana fuhr auf den Parkplatz vor Anthonys Schule.

„Nur um sicher zu gehen: Ich möchte, dass Anthonys Freund Dan sich mal deinen Wagen ansieht", sagte Rae. „Er hat auch die Wanze im Hyundai von Anthonys Mutter gefunden."

„Wenn es dich glücklich macht", antwortete Yana, während sie den Wagen parkte.

„Auf jeden Fall ...", begann Rae. Dann packte sie Yana am Arm. „Runter!", befahl sie. Gehorsam rutschte Yana so weit wie möglich in ihrem Sitz nach unten, während Rae sich vornüber zusammenkauerte.

„Was war denn?", flüsterte Yana.

„Anthony ging in unsere Richtung. Er darf nicht wissen, dass wir hier sind", flüsterte Rae zurück. Ihr Nacken schmerzte schon. Ein VW Käfer war eben nicht als Versteck konzipiert. Im Stillen zählte sie bis zehn. Und gleich noch mal. „Das dürfte reichen." Rae wischte mit ihrem Ärmel über den Türgriff, öffnete die Tür und stieg aus dem Wagen.

„Ginny, so heißt das Mädchen aus dem Jahrbuch-Komitee, sagte, dass sie mich am Haupteingang erwarten wird", erklärte Rae Yana. Sie warf die Autotür mit ihrer Hüfte zu, dann ging sie über den Parkplatz voraus.

„Eine Aufgabe à la *Drei Engel für Charly* ist das aber nicht gerade", beschwerte sich Yana. „Ich habe ernsthafte Zweifel, dass ich die Möglichkeit haben werde, jemanden an den Kopf zu treten oder zumindest ein bisschen Dekolletee zu zeigen."

„Man kann nie wissen, welche Überraschungen einen erwarten, wenn man in alten Jahrbüchern blättert", antwortete Rae. Vor dem Eingang standen zwei Mädchen. „Bist du Ginny?", wandte sich Rae an eins von ihnen.

„Nein, das bin ich", antwortete das andere Mädchen. Sie schloss das Buch, in dem sie gerade gelesen hatte, und lächelte. „Und du bist Rae?"

Rae nickte. „Ich habe eine Freundin mitgebracht. Zur Unterstützung. Das ist Yana."

„Hallo, nett dich kennen zu lernen", sagte Ginny. „Die alten Jahrbücher sind allesamt in der Abstellkammer." Sie öffnete die Eingangstür. Rae bemerkte, dass ein dünner Draht durch das Glas lief. War es etwa kugelsicher?

„Ich habe dem Direktor schon so oft gesagt, dass man sie irgendwo unterbringen muss, wo man die Raumtemperatur besser kontrollieren kann. Aber in einer Schule, in der die Hälfte des Unterrichts in Containern hinter dem Baseballfeld stattfinden muss, hat das nicht gerade Priorität", fuhr Ginny fort. Sie führte Rae und Yana einen Flur entlang und um eine Ecke herum. Dann öffnete sie die Tür einer Abstellkammer und winkte die Mädchen herein. „Bedient euch. Aber nehmt nichts mit. Das würde ich garantiert merken“, warnte sie sie lachend. Dann ließ sie Rae und Yana allein.

„Ich bin fest davon überzeugt, dass sie uns den Kopf abreißen würde“, sagte Yana „Diese Jahrbücher scheinen ihr Leben zu sein. Und das ist ganz schön traurig.“

„Anthonys Mutter kann eigentlich nicht älter als 35 sein. Also ...“ Rae rechnete kurz nach. „Wir sollten mit denen hier anfangen.“ Sie nahm drei Jahrbücher vom obersten Regal und gab Yana eins davon. „Guck nach Fascinelli. Den Mädchennamen von Anthonys Mutter kenne ich nicht.“

Rae setzte sich auf den Boden und schlug das oberste ihrer Bücher auf. Alles, was sie empfing, war ein Knistern. Auf den Büchern lag viel zu viel Staub, um Gedanken deutlich lesen zu können. Sie blätterte durch sämtliche Gruppenfotos, bis sie zu den Porträts kam. Bevor sie zu „F“ blättern konnte, stieß Yana einen leisen Triumphschrei aus.

„Hier, auf Anhieb gefunden!“, verkündete sie. Sie drehte ihr offenes Jahrbuch Rae zu und zeigte auf das Bild eines Jungen, der ziemlich viel Ähnlichkeit mit Anthony hatte. Nur seine Haare waren länger. „Darf ich vorstellen? Tony Fascinelli, Mitglied des Football-Teams und des Opossum-Clubs. Was immer das auch sein mag.“

Rae nahm das Buch und blätterte es durch, bis sie ein Gruppenfoto der gesamten Mannschaft fand. „Das ist unser Mann“, sagte sie zu Yana. „Ich werde mir die Namen der übrigen Team-Mitglieder aufschreiben. Ein paar von ihnen werden ja wohl noch in unserer Stadt wohnen. Und vielleicht weiß ja jemand, wohin es Anthonys Vater verschlagen hat."

Sie öffnete ihren Rucksack und nahm ein Notizbuch heraus. Dabei stieß sie auf einige ihrer alten Gedanken, doch sie kümmerte sich nicht groß darum. Sie fand eine leere Seite und schrieb „Football-Team" darauf.

Das wird Anthony gefallen, dachte sie, und Freude durchströmte ihre Adern. *Eins haben sein Vater und er schon mal gemeinsam: Football.*

„Bist du Fascinelli?", rief ein stämmiger Typ um die Vierzig. Sportklamotten. Klemmbrett. Pfeife um den Hals. Er musste der Trainer sein.

„Ja", rief Anthony zurück und lief auf den Mann zu. Es wäre ihm lieber gewesen, wenn er nicht so schnell erkannt worden wäre. Er hatte noch nicht herausgefunden, ob er bleiben oder lieber gehen wollte. Aber jetzt war ihm die Entscheidung so gut wie abgenommen worden.

„Da drüben sind die Umkleiden", sagte der Trainer, als Anthony neben ihm stand. „Bitte einen der Jungs, dass er dir eine Ausrüstung gibt. Dann kommst du wieder, und wir werden sehen, was wir tun können."

Anthony nickte und trabte Richtung Sporthalle. Was hätte er sonst tun sollen – außer in die entgegengesetzte Richtung zu laufen. Als er die Metalltür erreichte, erlaubte er sich keine Sekunde zu zögern. Er ging einfach hinein. *Die Umkleiden riechen wenigstens schon mal wie normale Umkleiden,* dachte er und sog einen tiefen Atemzug des Geruchs von Schweiß, alten Tennisschuhen und muffigen Handtüchern ein. Er folgte dem Klang der Jungenstimmen, bis er zu den Schließfächern kam. Vor fast jeder Schließfachtür stand schon ein Junge.

Die Umkleiden mochten ja ziemlich normal riechen. Aber die Jungen – die waren irgendwie anders. *Geld,* dachte Anthony. *Das macht den Unterschied.* Geld für makellose Zähne, angesagte Schuhe und Friseurbesuche. *Und wohl auch für private Fitnessstudios und für Muskel-Aufbaupräparate,* fügte er hinzu. Denn ganz offensichtlich hatten diese Jungs Stunden darauf verwendet, ihre Muskeln aufzubauen.

„Willst du was? Oder guckst du nur Schaufenster an?", wandte sich ein Bär von Typ, gut einen Kopf größer als er, an Anthony.

Gelungener Anfang, Fascinelli, dachte der. Klar. *Jungs mögen es, wenn man nur so dasteht und sie anglotzt.*

„Der Trainer schickt mich", antwortete er und kam sich vor wie ein kleiner Junge: *Mama schickt mich.* „Ich soll heute beim Training mitmachen."

„Ach, du bist das", sagte einer von der nächsten Reihe der Schließfächer.

„Ich soll mir eine Ausrüstung geben lassen", fuhr Anthony fort und fühlte sich im selben Augenblick ein ganzes Stück mickeriger. Ein Helm kam über die Schließfächer geflogen und knallte ihm seitlich an den Kopf. Ihm folgten Hodenschutz, Schulterpolster, Kniepolster und eine Damenbinde. *Sie sehen also alle nur so ... herausgeputzt aus,* dachte Anthony. *Aber sie sind genau so ein Haufen Idioten wie die meisten Typen an meiner Schule auch. Und es wird genau solchen Spaß machen, es ihnen zu zeigen.* Ohne besondere Eile zog Anthony die Ausrüstung über seine Sportklamotten, dann ging er zurück zum Spielfeld.

„Wir machen ein Übungsspiel", verkündete der Trainer, sobald alle auf dem Feld waren. „Die üblichen Mannschaften. Fascinelli, du spielst mit Salkow." Er deutete auf das blonde Musterbild eines Privatschülers. Anthony nickte.

„Ich spiel dir zu", sagte Salkow, als Anthony sich auf seinen Platz stellte.

Davon gehe ich aus, dachte Anthony. *Auf diese Weise können sich nämlich alle Jungs der anderen Mannschaft auf mich werfen.* Er rückte seinen Helm zurecht. Gut. Dann sollten sie mal anfangen.

Anthony konzentrierte sich. Einer der Jungen spielte zu Salkow, und wenige Sekunden später befand sich der Ball in Anthonys Händen. Er rannte los, Richtung Endzone, und – genau wie er es geahnt hatte – schon stürmte die gesamte gegnerische Mannschaft auf ihn zu. Niemand machte auch nur den Versuch, sie davon abzuhalten.

Na gut. Anthony täuschte rechts an und lief dann links. Es

gelang ihm tatsächlich, ein paar Jungs auszutricksen. Dem nächsten verpasste er einen Body-Check, worauf dieser ein zufrieden stellendes Stöhnen von sich gab. Dann suchte Anthony nach einer Lücke. Es gab aber keine. Darum steuerte er den größten Typen an, weil groß häufig auch langsam bedeutet, und stürmte.

Der Typ wollte angreifen. Anthony ließ ihn gegen seinen ausgestreckten Arm laufen und stieß dabei mit der Hand gegen den Helm des Gegners. Er verpasste ihm noch einen Schubs, dann machte er eine Drehung nach links. Da wartete der Nächste – die Nummer 33. Sie wollte ihn dazu bringen, auszuweichen. Anthony stieß einen Brüller aus. Er hatte nicht die Absicht, diesem Typen auszuweichen. Er würde ihn einfach umrennen.

Anthony traf Nummer 33 auf Hüfthöhe. Er strauchelte, hielt sich aber aufrecht. Anthony lief weiter, seine Beine rannten, was sie konnten. Yeah! Jetzt hatte er Nummer 33 abgehängt!

Aber da war schon Nummer 48, um seine Stelle einzunehmen. Anthony beugte seinen Kopf nach links. Der Typ fiel auf die Täuschung herein. Er lief links, und Anthony lief rechts. Und das Feld öffnete sich vor ihm. Eine große, wunderschöne grüne Fläche.

Jetzt seht mal, wie der Kleine laufen kann, dachte Anthony, während er weiter voranschoss. Dann wurde ihm klar, dass er niemals bis zum Tor kommen würde. Er hörte, wie min-

destens zwei Typen auf ihn zu rannten. Aber denen wollte er wenigstens noch ein bisschen Arbeit bereiten.
Anthony gab, was er konnte. Seine Mannschaftskameraden hatten offenbar beschlossen, ihn die Sache allein durchziehen zu lassen. Keiner von ihnen machte sich die Mühe, für ihn zu blocken.
Er fühlte, wie eine Schulter gegen sein Bein stieß. In seinem Schenkel explodierte ein Schmerz. Aber er rannte weiter. Bis ihn ein zweiter Typ von der Seite rammte. Anthony stürzte mit Wucht zu Boden. Und mindestens drei Typen gelang es, auf ihm zu landen.
Durch das Klingeln in seinen Ohren hörte Anthony die Pfeife. Die Jungen kletterten von ihm herunter, und der Druck auf seinen Rücken ließ nach. Dann streckte sich ihm direkt vor seinem Gesicht eine Hand entgegen.
Ohne die Hand anzunehmen, stand Anthony auf. Vor ihm stand Salkow, der Quarterback seiner Mannschaft. Salkow grinste. „Nicht schlecht“, sagte er. „Meinst du, du schaffst das noch mal?“
„Kein Problem“, antwortete Anthony.
Wieder begann der Film in seinem Kopf. Der mit all den hübschen Cheerleadern, die ihm zujubelten. Ihm, einem der Sanderson Sabertooth Running Backs.
Es ist nicht unerreichbar. Jedenfalls nicht vollkommen, dachte Anthony.

Kapitel Vier

Ich muss nur kurz zu Hause vorbei", sagte Yana. „Dann geht's schnurstracks zu Al Schumachers *Big and Tall.*"

„Hättest du gedacht, dass Al Schumacher überhaupt auf der Highschool war, geschweige denn zusammen mit Anthonys Vater?", sagte Rae. „Du kennst seine Werbung doch auch, oder?"

„Von dieser Werbung bekomme ich Albträume", antwortete Yana „Big Al läuft mir nach und versucht mir ein Ballkleid anzudrehen." Sie schnaubte. „Als wenn ich jemals zu einem Ball ginge!"

„Willst du vielleicht doch noch einen Satz heiße Ohren bekommen?", fragte Rae, während Yana mit quietschenden Reifen rechts abbog. „Ich dachte, wir waren uns darüber einig, dass die Jungs sich deswegen nicht an dich herantrauen, weil dein ganzes Auftreten förmlich laut ‚Bleib mir bloß vom Hals!' zu schreien scheint."

„Ich meinte ja nicht, dass ich nicht auf Bälle gehe, weil ich nicht weiß, mit wem. Ich meine, ich würde niemals hingehen, weil es eben ein *Ball* ist", antwortete Yana. „Das ist vielleicht etwas für dich, aber nicht für mich."

Rae stöhnte. „Ist das der Anfang von einer neuen Tirade gegen Privatschülerinnen?"
„Nee", sagte Yana. „Gar keine Zeit. Wir sind schon da." Sie bog in die Einfahrt eines grünen Hauses ein und bremste den Käfer scharf. „Du kannst im Auto warten. Ich muss nur schnell rein und komme gleich wieder raus."
Bevor Rae antworten konnte, warf Yana die Autotür zu und trabte den Weg entlang zum Hauseingang. *Ich war noch nie bei ihr zu Hause,* fiel Rae auf. Aber eigentlich war das so ungewöhnlich auch wieder nicht. Es kam ihr nur immer so vor, als wären sie und Yana schon seit Ewigkeiten befreundet. Dabei kannten sie sich erst seit einem halben Jahr. Und die Hälfte dieser Zeit hatte Rae im Krankenhaus zugebracht.
Yanas Vater scheint ein leidenschaftlicher Gärtner zu sein, dachte Rae. Zu beiden Seiten des Weges blühten Blumen. Irgendwie konnte Rae sich nicht vorstellen, dass Yana Spaß daran haben könnte, in der Erde zu buddeln. Darum nahm sie an, dass es ihr Vater sein müsse. Obwohl sie ihn noch nie gesehen hatte. Sie hatte ihm noch nicht mal kurz Hallo gesagt.
Die Haustür ging auf, und Yana kam wieder heraus. Sie schloss ab, dann lief sie zurück zum Auto und stieg ein. „Ich musste Fleisch aus dem Gefrierschrank holen", erklärte sie.
„Kochst du etwa?", fragte Rae.

„Ja. Einer muss es ja tun. Kocht bei euch dein Vater?", fragte Yana. Ohne in den Rückspiegel zu sehen, fuhr sie aus der Einfahrt.
„Wir lassen uns ziemlich viel bringen", gab Rae zu. „Und Alice, die Frau, die bei uns putzt, friert immer etwas für uns ein."
„Ach so. Die Frau, die bei euch putzt", wiederholte Yana. Sie lachte auf, doch es klang nicht wirklich amüsiert.
Echt geschickt, dachte Rae. *Hau es Yana doch um die Ohren, dass dein Vater mehr Geld hat als ihrer. Richtig so! Hau es ihr um die Ohren, und zwar links und rechts.*
„Dein Vater arbeitet wohl gerne im Garten, was?", fragte Rae, die unbedingt das Thema wechseln wollte. „Ich meine, wegen der Blumen."
„Ach, das macht unser Gärtner", antwortet Yana. Sie warf Rae einen kurzen Blick zu. „Und der bin ich."
Rae versuchte ihre Überraschung so gut es ging zu verbergen. Yana arbeitete im Garten? Irgendwie passte das absolut nicht zu ihr.
„Ob sich Al Schumacher überhaupt an Anthonys Vater erinnert?", machte Rae einen neuen Versuch das Thema zu wechseln.
Yana zuckte die Schultern. „Werden wir ja sehen." Sie bog links ab und gab Gas. Ein paar Augenblicke später sah Rae schon Al Schumachers *Big and Tall.*
„Ich verspreche Ihnen, wir führen auch Ihre Größe. Dafür

stehe ich mit meinem Namen", imitierte Yana Al Schumachers Werbeslogan. Sie fuhr auf den Parkplatz vor dem Laden und fand eine Lücke direkt vor dem Eingang von *Big and Tall*. „Sind Sie bereit, Nancy Drew?"

„Jawohl." Rae wischte kurz mit dem Ärmel über den Türgriff, dann stieg sie aus dem Auto und ging voran in das Geschäft. Al Schumacher kam gleich auf sie zu.

„Meine Damen, meine Damen, was kann ich für Sie tun?", fragte er, und das Fleisch an seinem Doppelkinn wabbelte beim Sprechen. „Ein Geschenk für den Herrn Papa? Oder vielleicht für den Freund? So hübsche Mädchen wie Sie haben doch sicher einen Freund."

„Eigentlich sind wir nur hier, um mit Ihnen zu reden", sagte Rae.

Al Schumacher ließ seine Augen langsam von Raes Gesicht abwärts bis zu ihren schwarzen Stiefeln gleiten. Rae hätte sich am liebsten umgedreht und wäre auf direktem Weg in die nächste Dusche gerannt. Stattdessen lächelte sie.

„Ich bin geschmeichelt", antwortete Al.

„Sie sind ein Albtraum", murmelte Yana.

Das ist nicht besonders hilfreich, dachte Rae, als sich Als Augen verärgert zusammenzogen. Trotzdem war sie froh, dass Yana dabei war. Es reduzierte den Ekel-Faktor ein klein wenig.

„Ich habe heute in einem alten Jahrbuch der Fillmore

Highschool geblättert und dabei das Foto der Football-Mannschaft entdeckt", sagte Rae. „Ich habe Sie wiedererkannt, durch Ihren Werbespot. Und ich dachte, Sie könnten mir vielleicht sagen, wo sich Tony Fascinelli befindet."
„Fascinelli? Diesen Namen habe ich schon eine ganze Weile nicht mehr gehört." Al schüttelte den Kopf und lehnte sich gegen die Wand. „Das Letzte, was mir zu Ohren kam, war, dass er in einem Vorort leben soll, in Selma", fuhr er fort. „Aber ich bin sowieso viel unterhaltsamer als Tony." Er sah Rae wieder mit diesem widerlichen Blick an.
„Ach so. Vielen Dank", sagte Rae und überhörte seinen letzten Kommentar einfach. Sie streckte die Hand aus und schüttelte seine heftig, wobei sie Als Fingerspitzen berührte. Das Erste, was bei ihr ankam, war ein halb pornografischer Gedanke über sie. Dann ein Schmerz im Knie von einer alten Football-Verletzung, die Al sich zugezogen hatte. Ein Schuss Bedauern, dass er seiner Mutter, bevor sie starb, nie gesagt hatte, dass er sie liebte. Und der Gedanke, dass Tony Fascinelli ein Arschloch allererster Güte war.
Rae ließ Als Hand los und trat einen Schritt zurück. „Gut, das ist schon alles, was ich wissen wollte. Ich will Sie nicht länger aufhalten." Sie fasste Yana am Arm und schob sie zur Tür, obwohl Al immer noch sprach.
„Bei Typen wie diesen wünsche ich mir immer, dass ich so ein weiblicher Roboter wäre, wie in *Austin Powers*", sagte Yana, während sie zum Auto liefen. „Ich hätte unserem

Freund Al mit Vorliebe ein paar Kugeln aus meinen Brüsten um die Ohren geschossen, als er gerade darauf gaffte." Rae lachte und wischte kurz über den Türgriff. Sie setzte sich auf den Beifahrersitz. „Dann lägen überall nur noch tote Typen herum", sagte sie, während Yana sich hinter das Steuer setzte.

„Von mir aus." Yana lächelte schwach. „Und wann fahren wir nach Selma?"

Rae liebte dieses „wir".

„Montag nach der Gruppensitzung – sofern ich bis dahin die genaue Adresse von Tony Fascinelli ausfindig machen kann", antwortete sie.

Yana nickte und schaltete das Radio ein. Sie drückte auf die Sendertasten, bis sie einen schnellen, pulstreibenden Techno gefunden hatte.

Rae ließ die Musik durch ihren Körper strömen, bis das Gefühl, von Al mit Schleim überzogen worden zu sein, verschwunden war.

„Willst du zum Abendessen bei uns bleiben?", fragte Rae, während Yana in Raes Straße einbog.

„Kann nicht. Ich koche doch. Vergessen?", antwortete Yana. Sie hielt vor Raes Einfahrt an.

„Ich weiß, dass du es nicht magst, wenn man sich bei dir bedankt. Trotzdem: danke", sagte Rae, während sie ausstieg.

„Tschüss", entgegnete Yana. Dann gab sie Gas.

Rae schüttelte den Kopf, während sie dem kleinen gelben Auto hinterher sah. Während sie ins Haus ging, nahm sie sich vor, sich darum zu kümmern, dass Anthonys Freund Yanas Auto so bald wie möglich auf Wanzen untersuchte.

„Dad, ich bin zurück", rief sie.

Im selben Augenblick kam ihr Vater aus seinem Arbeitszimmer geschossen. Er grinste von einem Ohr zum anderen.

„Ist was?", fragte Rae.

„Du hast einen geheimen Verehrer", sagte er. „Als ich nach Hause kam, wartete ein Päckchen für dich vor der Tür. Es liegt auf deiner Kommode."

In Raes Hals bildete sich ein Knoten. Was war, wenn es von demjenigen stammte, der das Foto in ihrem Schließfach in der Schule hinterlassen hatte? Bekam sie jetzt auch noch Dinge nach Hause geschickt? Ohne zu antworten lief Rae den Flur entlang in ihr Zimmer. Sie stürzte hinein, blieb dann stehen und starrte das Ding auf ihrer Kommode an. Es war ein kleines Päckchen in säuberlich gefaltetem violettem Papier.

Jetzt fass es schon an, befahl sie sich. Was sollte sie auch sonst tun? Es anstarren, bis das Päckchen verschwand? Das war kaum möglich. Außerdem – warum war sie sich denn so sicher, dass es von derselben Person stammte, die ihr das Foto vermacht hatte? Vielleicht war es ja nur von Marcus,

zum Beispiel. Sie schüttelte den Kopf, dann ging sie hinüber und nahm das Päckchen in die Hand.
/ ***alles kommt wieder*** / ***Rae wird*** / ***diese Papiere sind*** /
Die Gedanken, die sie las, stammten von ihrem Vater. Sie versuchte es noch mal, sorgfältiger, und berührte mit den Fingern jeden Zentimeter des Papiers. Die drei Gedanken ihres Vaters waren alles, was sie lesen konnte.
Ein kalter Hauch strich ihre Wirbelsäule entlang, und sie spürte, dass sie eine Gänsehaut bekam. Auf diesem Päckchen müssten noch mehr Fingerabdrücke zu lesen sein, sofern nicht jemand ...
Sofern nicht jemand seine Identität geheim halten wollte.
Derjenige, der mir dieses Päckchen geschickt hat, weiß die Wahrheit über mich, wurde Rae klar. Und das bedeutete, dass es wahrscheinlich wirklich dieselbe Person war, die das abscheuliche Foto in ihr Schließfach gesteckt hatte. Sie atmete tief ein, dann zog sie nach und nach die vier Klebstreifen ab und ließ das violette Papier zu Boden fallen. Langsam und vorsichtig nahm sie den Deckel von der schlichten weißen Schachtel.
Sie war halb gefüllt mit grauem Pulver. Rae schüttelte die Schachtel ein wenig und schob das Pulver mit dem Finger auf eine Seite. Darunter wurde das Foto einer Frau sichtbar. Es war dieselbe Frau, deren Foto Rae in ihrem Schließfach gefunden hatte. „Asche zu Asche“ stand mit schwarzem Stift über das Gesicht der Frau geschrieben.

„Asche zu Asche", flüsterte Rae. Oh, nein! Oh, Gott, nein! Sie schüttelte die Schachtel, starrte auf das Pulver. War das denn möglich? Sie entdeckte etwas weißlich Schimmerndes und fischte es vorsichtig heraus.
Bittere Galle stieg in ihrem Hals auf, als ihr klar wurde, dass sie ein Stück Knochen in der Hand hielt.

„Hi, Anthony!" Anthony wandte sich um. Es war Montagnachmittag und er wollte gerade das Oakvale-Institut betreten.
„Hallo", sagte er, als Jesse Beven auf ihn zu kam. Mann, tat das gut, Jesse so herumlaufen zu sehen! Es gab eine Zeit, da hatte er schon mal gedacht, er würde Jesse nie wiedersehen.
„Ich habe versucht, einen Schritt weiterzukommen", verkündete Jesse. „Du weißt schon: den Typen zu finden, der mich entführt hat und der hinter Rae her ist."
„Ich glaube, dass man den nicht finden kann. Im Moment jedenfalls nicht", antwortete Anthony, obwohl es ihm nicht passte, diese Worte laut auszusprechen. „Seitdem er dich entführt hatte, ist Frank nicht mehr nach Hause gekommen. Wenn er die Stadt nicht verlassen hat, ist er ein Idiot. Ich bin sicher, seine Freundin hat ihm erzählt, dass Rae und ich da waren, während du vermisst wurdest." Anthony strich sich mit den Fingern durch das Haar. „Außerdem suchen wir nicht Frank, sondern denjenigen, der Frank angeheuert hat."

„Das muss derselbe Typ sein, der David angeheuert hatte, um die Rohrbombe zu legen", antwortete Jesse.

Anthony nickte. „Und was wissen wir über diesen Typen? Ein dickes, fettes Garnichts", erinnerte er Jesse. „Rae hat damals alles in Davids Zimmer angefasst und gesagt, dass selbst David nichts über diesen Typen wusste."

„Dann bleibt uns also nichts anderes übrig, als herumzulungern und abzuwarten, bis etwas passiert?", fragte Jesse. Er klang verärgert. Aber er konnte gar nicht so verärgert sein, wie Anthony sich fühlte.

„Im Moment jedenfalls", antwortete Anthony. Er sah auf seine Uhr. „Die Gruppensitzung beginnt." Er langte nach dem Türgriff. Aber Jesse hielt seine Hand fest.

„Warte. Ich muss dir etwas sagen. Hier draußen", sagte er. Er blickte kurz über seine Schulter, dann sah er wieder Anthony an. „Du kennst doch Sean McGee, den Freund von Nunan?" Ohne Anthony Zeit zum Antworten zu lassen, fuhr er fort: „Dieser Sean also, dem sind ein paar Sicherheitscodes in die Hände gefallen. Von Alarmanlagen richtig fetter Häuser. Er ..." Jesse sah wieder über seine Schulter. „Er braucht ein paar Leute, die ihm helfen, die Buden zu säubern. Ich dachte, wir ..."

„Ich trete dich in den Arsch, dass du von hier bis zum Mond fliegst, wenn du auch nur ein Wort mit McGee sprichst", entgegnete Anthony, und seine Stimme klang dabei rauer als er beabsichtigt hatte.

Jesse hob das Kinn. „Was ist? Hast du etwa Angst? Meinst du, das verringert deine Chancen für diese dämliche Privatschule?"
Anthony hatte das Gefühl, als hätte ihm jemand in den Magen getreten. „Woher zum Teufel weißt du ..."
„Nunan hatte da etwas abzugeben. Er hat dich beim Football-Training gesehen", antwortete Jesse. „Ich dachte, du hasst diese Privatschul..."
„Mit Privatschule oder nicht hat das überhaupt nichts zu tun", fiel Anthony ihm ins Wort. „Seit die Schule wieder angefangen hat, versuche ich mich zusammenzunehmen. Hast du mich seitdem noch mal rauchen gesehen?"
Jesse schüttelte den Kopf.
„Siehst du", antwortete Anthony. „Es hat eine Weile gedauert, aber irgendwann habe ich es kapiert, dass ich den Kopf über dem Arsch tragen muss, wenn ich die Schule jemals hinter mich bringen will."
„Sean bezahlt aber ...", wollte Jesse protestieren.
„Wenn du im Jugendknast sitzt, nützt dir das Geld auch nichts mehr", entgegnete Anthony. Am liebsten hätte er Jesse geschüttelt, aber das hätte zu sehr nach Jesses Vater ausgesehen. „Du bist doch cleverer als ich, Jesse", fuhr er fort. „Nutz deine Zeit. Dann machst du deinen Abschluss und suchst dir einen vernünftigen Job, für den sie dich ordentlich bezahlen." Er sah Jesse in die Augen. „Versprich mir, dass du bei diesen Einbrüchen nicht mitmachst."

Jesse zögerte. Anthony wartete. „Na gut", murrte Jesse schließlich.
„Gut." Anthony öffnete die Tür. „Wir haben noch etwa eine Minute, um pünktlich zur Gruppensitzung zu kommen."
„Wer zuerst da ist", sagte Jesse und zischte schon den Flur entlang. Anthony lief nach ihm los. Jesse grinste triumphierend, als er im Raum ankam.
„Ich hab dich gewinnen lassen", sagte Anthony leise, während sie sich auf die kalten Metallstühle setzten. Automatisch suchte er den Raum nach Rae ab. Sie war noch nicht da, aber einen Augenblick später stürzte sie herein und setzte sich auf den einzigen noch freien Stuhl. Er stand direkt gegenüber von Anthony.
Musste ihr Wildlederrock so kurz sein? Das brachte ihn auf Gedanken, die er besser nicht haben sollte. Zumindest nicht im Zusammenhang mit Rae. Sie war eine Privatschülerin, und er ...
Doch möglicherweise ging er irgendwann auf dieselbe Privatschule wie sie. Bei dieser Erkenntnis begann Anthonys Hirn zu jucken. Wenn sie beide auf die Sanderson Highschool gingen, wäre es dann so abwegig, wenn ...
Er verbot sich, den Gedanken zu Ende zu führen. Egal, auf welche Schule er ging – er würde immer ein Fink bleiben. Und Rae immer ein Kolibri. Ende der Geschichte.

Im gleichen Moment, in dem Mrs Abramson die Gruppensitzung für beendet erklärte, stand Rae auf und strich sich ihren Wildlederrock glatt. Sie konnte es kaum erwarten, hier herauszukommen, damit sie und Yana ihre Recherche fortsetzen konnten.
„Hey!"
Rae wandte sich um und entdeckte Anthony neben sich.
„Ich habe Dan am Samstag Yanas Auto inspizieren lassen", sagte er mit so leiser Stimme, dass sie ihn kaum verstehen konnte. „Du hattest Recht. Er hat etwas gefunden. Er hat die Wanze in ein anderes Auto gesteckt, aber das ist auch nur ..."
„Eine vorläufige Lösung", beendete Rae den Satz für ihn.
„Allerdings." Anthony verlagerte sein Gewicht von einem Fuß auf den anderen. „Äh, da ist noch etwas, was ich dir sagen wollte. Ich bin am Freitag zu diesem Training gegangen."
„Du hast es wirklich getan?", jubelte Rae. Bevor sie darüber nachdenken konnte, zog sie ihn an sich und umarmte ihn kurz. Seine Muskeln fühlten sich in ihren Armen hart an. „Das ist wirklich toll!", sagte sie.
„Freu dich nicht zu früh", warnte Anthony sie. „Ich muss erst noch diese allgemeinen Leistungstests hinter mich bringen. Ich dachte, wenn wir heute Abend wieder zusammen üben, dann könnten wir ..."

„Oh, Mist!“, rief Rae aus. „Es tut mir Leid. Ich bin ja so ein Schussel! Ich habe Yana versprochen, mit ihr ...“
„Kein Problem“, entgegnete Anthony schnell. Er wollte schon gehen. Aber Rae packte ihn am Ärmel und zog ihn wieder zurück, auf Blickkontakt.
„Sei doch nicht gleich sauer“, sagte sie zu ihm. „Wie wäre es morgen, nach dem Schwimmen – falls wir damit weitermachen ...“
„Wir machen weiter“, warf Anthony ein.
„Okay. Dann schließen wir daran einen Übungs-Marathon an. Und heute Abend kannst du ja allein schon mal ein paar Knetgummi-Figuren machen, für die Wörter, für die du noch Symbole brauchst. Vielleicht habe ich die Liste dabei.“ Rae öffnete ihre Tasche, ohne auf ihre alten, überlagerten Gedanken zu achten, die sie davon aufnahm.
„Die Liste brauche ich nicht“, wandte Anthony ein. „Ich weiß schon, wo ich immer Mist baue.“
Rae machte sich nicht die Mühe, ihn wegen des Mistbauens zu korrigieren. Er hörte sowieso nicht darauf. „Gut. Dann sehen wir uns also morgen im Y-Bad.“
Anthony grunzte etwas, und Rae eilte zum Parkplatz. Yana wartete schon, mit laufendem Motor. Rae lief zu ihr und stieg – nachdem sie kurz über den Türgriff gewischt hatte – ein. Sie war der Ansicht, dass sie besser ohne Mush auf ihren Fingern nach Selma fahren sollte. Mit den Fingerspitzen würden sie sicher mehr erfahren als mit ihren Fragen.

„Ich habe uns eine Karte mitgebracht." Vorsichtig schnallte Rae sich an, den Kontakt zwischen Metall und Fingern vermeidend. „Die Straße habe ich schon entdeckt."

„Was für ein Glück, dass Tony Fascinelli im Adressbuch steht", sagte Yana, während sie mit ihrer üblichen Überschallgeschwindigkeit vom Parkplatz fuhr.

„Tut er gar nicht", antwortete Rae. „Aber Anthony hat mir mal von einem Spiel erzählt, das er und sein Vater immer gespielt haben", log sie drauflos. „Sein Vater hat sich alle möglichen Namen gegeben. Einer davon lautete Andy Hall. Und über Internet habe ich einen Andy Hall in Selma entdeckt."

„Klingt nach einem ziemlich abenteuerlichen Unternehmen, was?", meinte Yana

„Schon. Aber ich tue es wirklich gern. Für Anthony", antwortete Rae.

„Bist du dir eigentlich sicher, dass Anthony seinen Vater wirklich finden möchte?", fragte Yana. „Also, wenn du mich fragst: Wenn mein Vater die Kurve kratzen würde, ich würde vor Freude tanzen."

„Ich habe mal mit Anthony darüber gesprochen", antwortete Rae. „Ich meine, nicht darüber, ob ich Tony für ihn ausfindig machen soll", erklärte sie. „Aber darüber, dass Anthony ihn gern kennen würde. Er überlegt ständig, ob er seinem Vater wohl ähnlich ist. Weil er mit seiner Mutter überhaupt keine Ähnlichkeit hat."

Yana zuckte die Schultern. „Auf dem Rücksitz liegt was zu essen. Gibst du mir mal einen Snow Ball? Ohne Snow Balls kann man eigentlich gar nicht Auto fahren." Sie stellte das Radio an, während Rae in der Tüte herumwühlte. Sie fand die grell pinkfarbene Schachtel der Snow Balls auf Anhieb und reichte Yana eine Kugel. Für sich selbst nahm sie eine Tüte Chips heraus. Dann ließ sie sich von den vorüberfliegenden weißen Linien der Straße hypnotisieren.

Es tat ihr fast Leid, als sie eine Weile später die Ausfahrt nach Selma hinausfuhren. Aber sie setzte sich auf, faltete die Karte auseinander ...

/ *Anthony wird* / **dämliches Tanken** /

... und fand den Kreis wieder, den sie um Tony Fascinellis Haus gemalt hatte. Oder wovon sie zumindest hoffte, dass es Tony Fascinellis Haus war.

In weniger als 15 Minuten brachte Yana sie dorthin. „Und jetzt?", fragte Yana.

Rae löste ihren Sicherheitsgurt. „Jetzt werden wir mal sehen, ob Andy Hall einen Sohn namens Anthony hat", antwortete sie. Sie zog sich den Ärmel über die Finger und stieg aus dem Auto. „Was sein muss, muss sein", murmelte sie, während sie dicht gefolgt von Yana auf die Haustür zulief und zweimal energisch klingelte.

Einen Augenblick später wurde geöffnet. *Hier sind wir richtig,* dachte Rae, als sie den Jungen betrachtete, der vor ihr stand. Er hätte Anthony sein können, nur drei Jahre jünger.

Zweifellos war er Anthonys Halbbruder. Rae hatte keinen Augenblick daran gedacht, dass Anthonys Vater eine neue Familie haben könnte. Aber warum auch nicht?

„Hallo", sagte sie, als ihr klar wurde, dass sie die jüngere Ausgabe von Anthony wie ein Idiot anstarrte. „Könnte ich wohl einen Augenblick mit deinem Vater sprechen?"

Die jüngere Ausgabe von Anthony lachte kurz und bellend auf. „Wenn du mit meinem Vater sprechen möchtest, bist du hier falsch. Er ist im Scott State."

„Scott State", wiederholte Rae. Der Begriff kam ihr bekannt vor, aber ...

„Oder genauer gesagt: im Knast."

KAPITEL FÜNF

Ich hätte gern die Nummer vom Scott State Gefängnis", sagte Rae in ihr Handy, nachdem sie die Auskunft gewählt hatte. Sie blickte über den Schulhof, um sicherzugehen, dass niemand in der Nähe war und zuhörte. Ihr Ruf an der Schule war noch nicht wieder stabil genug, um Spekulationen darüber auszuhalten, wen sie im Knast anrief. Aber der Schulhof war so gut wie leer. Die meisten Schüler der Sanderson Highschool aßen gerade in der Cafeteria.

Die Person am anderen Ende der Leitung sagte Rae noch, dass die Nummer gleich genannt würde, dann kam eine automatische Stimme als Ansage. Rae drückte die Eins, um gleich mit der Nummer verbunden zu werden. Sie war viel zu ungeduldig, um zu warten.

Es meldete sich der automatische Anrufbeantworter des Gefängnisses. Sie drückte die Drei, um Informationen über die Besuchszeiten zu bekommen. Sie hatte die halbe Nacht damit zugebracht, sich darüber klar zu werden, ob sie Anthony sagen sollte, was sie über seinen Vater herausgefunden hatte. Dann hatte sie sich entschlossen, Anthonys Vater erst zu besuchen und zu sehen, wie die Dinge eigentlich lagen – warum er im Gefängnis saß, wie seine Einstellung zu Anthony war – bevor sie entschied, ob sie Anthony die Wahrheit sagen sollte oder lieber alles, was sie erfahren hatte, besser wieder vergessen sollte.

„Sehr gut", sagte Rae, als ihr der Anrufbeantworter mitteilte, dass an diesem Nachmittag und Abend Besuchszeit war. Sie tippte sich auf ihrem Handy zurück ins Hauptmenü und drückte die Fünf, um zu erfahren, wie man mit dem Bus zum Scott State kam. Das Gefängnis lag nicht allzu weit außerhalb von Atlanta, darum würde sie es wohl schaffen, einen Ausflug dorthin zu machen und früh genug wieder zu Hause zu sein, um ihren Vater nicht zu beunruhigen.

Rae schaltete das Handy aus, wobei sie ein wenig Wachs von ihren Fingern abwischte. Sie überlegte, ob sie es ganz entfernen sollte. Bei all dem, was vorgefallen war, war es klug, auf der Hut zu sein. *Zumindest in der Schule werde ich es tragen,* beschloss sie dann. Sie brauchte eine kleine Erholung von dem ständigen Murmeln der Gedanken, die nicht ihre eigenen waren.

Sie wandte sich um, machte zwei Schritte in Richtung Hauptgebäude, dann holte sie das Handy wieder heraus und tat so, als müsse sie noch mal telefonieren. Mr Jesperson, ihr Englischlehrer, hatte Aufsicht am Eingang. Ein Blick, und Rae war klar, dass er wieder eine kleine Unterhaltung mit ihr führen wollte. Der Typ war versessen darauf, ihr durch die „harte Zeit“ zu helfen. Vielleicht lag es daran, dass er neu war. Aber das war auch egal – Rae hatte auf jeden Fall kein Interesse daran. Dreimal die Woche Gruppensitzungen im Oakvale-Institut reichten, was Reden betraf.

Ich gebe ihm ein paar Minuten. Wenn er dann immer noch da steht, laufe ich einfach an ihm vorbei und sage, ich muss aufs Klo oder so, dachte Rae. Sie blickte auf ihre Uhr und wartete, während der Sekundenzeiger eine ganze Runde lief und eine neue begann.

„Rae“, rief eine Stimme aus Mr Jespersons Richtung. Rae verdrehte die Augen, dann wandte sie sich widerwillig der Stimme zu – und sah Marcus Salkow auf sie zukommen. *Viel besser als Mr Jesperson,* dachte Rae, die plötzlich das alte, vertraute Gefühl zwischen Freund und Freundin durchzuckte.

„Ich fahr mal kurz zu *Sliders*“, sagte Marcus, als er bei Rae ankam. „Ich muss schon den ganzen Vormittag an die kleinen Burger denken, die sie da haben. Kommst du mit? Du magst doch diese vegetarischen, die mit Gemüse.“

„Äh ...“ Sollte das wieder ein Versuch sein, ein Gespräch darüber zu führen, ob sie wieder zusammenkommen könnten? Denn so weit war sie wirklich noch nicht. Sie ...

„Komm schon, Rae. Du musst mich noch nicht mal eine ganze Stunde aushalten. Und du bekommst Gemüse-Burger“, lockte Marcus sie.

Rae warf einen Blick auf das Schulgebäude. Jesperson stand immer noch da und wartete. „Na gut. Okay. Warum nicht?"
Marcus grinste, und tiefe Linien erschienen auf seinen Wangen. Lange Grübchen, so hatte Rae sie immer genannt.
„Der Range Rover steht auf dem Parkplatz." Er machte einen Schritt in diese Richtung. Dann zögerte er und sah Rae an, als könnte sie ihre Meinung schon wieder geändert haben.
„Na, los! Ich bin schon halb verhungert", sagte sie.
„Ich auch. Ich nehme gleich ein Dutzend dieser kleinen Typen", sagte Marcus, während sie zum Parkplatz gingen. „Das wäre dann ungefähr so viel wie ... ein Triple-Decker Big Mac? Oder zwei Whoppers?"
„Hm", machte Rae. „Eher noch mehr."
Es gelang ihnen, so lange über kleine und große Burger zu sprechen, bis sie bei *Sliders* angekommen waren, ihre Burger geholt hatten und einen Tisch gefunden hatten. Natürlich war es eine lächerliche Unterhaltung. Dennoch war Rae froh darüber, denn das war immerhin besser als ein bedrückendes Schweigen. Oder eine aufwühlende Diskussion darüber, dass Marcus wieder mit ihr zusammen sein wollte und Rae unsicher war – unsicher war und auch Angst davor hatte –, ihm jemals wieder zu vertrauen.

„Guuut", grunzte Marcus, als er die Hälfte seines ersten Miniburgers mit einem einzigen Bissen verschlang.
Rae lachte. „Du klingst wie Frankensteins Monster", sagte sie.
„Guuut", wiederholte Marcus und machte jetzt absichtlich auf Frankenstein. Er drehte seinen Kopf zur Seite und sah Rae an. „Schööön", sagte er und zog das Wort ebenfalls in die Länge.
Der Angestellte, der den Tisch neben ihnen abwischte, sah Marcus mit einem Du-bist-nicht-ganz-dicht-Blick an. Aber Marcus kümmerte sich nicht darum. Er setzte seinen Frankenstein-Trip fort. „Rae Frrreun-din."
Rae lachte wieder – sie konnte nicht anders –, und es kam ihr vor, dass mit ihrem Lachen die Hälfte der Spannung und der Angst aus ihrem Körper entwich.
„Frrreun-din?", wiederhole Marcus, und seine grünen Augen leuchteten.
Rae merkte, dass er ihr eine echte Frage stellte. Sollte sie ihm trauen? Konnte sie ihm vertrauen? Wenn sie ihn nur ein klein wenig wieder in ihr Leben hineinließ – würde sie dann als wandelnder Haufen Elend enden?
Marcus stopfte die andere Hälfte seines Miniburgers in seinen Mund. „Frrreun-din?", fragte er wieder, drängender, und ließ kleine Stückchen des Burgers auf sein Tablett krümeln.
Es war einfach abstoßend. Und Rae lachte, bis sie schnaub-

te. So war es mit Marcus immer gewesen – er hatte sie immer zum Lachen bringen können. Vor allem, wenn sie allein gewesen waren.

Marcus ist nicht Jeff, sagte sie sich. *Du hast keinen Grund anzunehmen, dass er nur etwas von dir will, weil er denkt, dass du ein jämmerlicher Psychofall und leicht herumzukriegen bist.*

Marcus hämmerte mit beiden Fäusten auf den Tisch. „Frrreun-diii-nnn?", jaulte er und zog die Aufmerksamkeit aller Anwesenden auf sich.

Aber Rae wollte nicht wieder mit Marcus zusammen sein. So weit war sie einfach noch nicht. Doch – sie sah ihn an, und einen Augenblick lang war es, als wäre sie in ihr früheres Leben zurückgeschlüpft. Zurück in ihr altes Ich. Und das tat gut.

Sie nahm ihren Gemüse-Burger und stopfte ihn sich ganz in den Mund. „Frrreun-diii-nnn", grunzte sie zu Marcus zurück. Brotkrümel und ein Stück Gemüse fielen ihr aus dem Mund. Die Leute starrten sie an. Aber zum ersten Mal seit Monaten war es Rae egal.

Anthony rieb abwesend den blauen Fleck an seinem Schenkel. Er hatte sich bereits von blau zu gelb-grün verfärbt. *Ich wette, von diesen Sabertooth-Typen haben auch ein paar blaue Flecken abbekommen,* dachte er. Er hatte bei diesem Handgemenge wirklich gegeben, was er konnte. Er versuchte sich darauf nicht allzu viel einzubilden. Es änder-

te ja nichts an der Tatsache, dass immer noch die allgemeinen Leistungstests vor ihm lagen.
Er warf einen Blick auf die Uhr, die über dem Sprungbrett des Y-förmigen Beckens hing. Er war ein paar Minuten zu früh dran gewesen. Aber jetzt war Rae schon fünf Minuten zu spät. Wenn sie kniff – Anthony schüttelte den Kopf. Rae war kein Mädchen, das kniff. Egal, wie viel Angst sie beim letzten Mal gehabt hatte, er wusste, dass sie wieder ins Becken kommen und so tun würde, als sei überhaupt nichts gewesen.
Wenn sie kommt, dann sieh ihr ins Gesicht, ermahnte er sich selbst. *Gaff sie nicht von oben bis unten an, in ihrem Badeanzug. Und guck nicht auf ihre Haare.* Aus irgendeinem Grund begannen seine Gedanken zu kreisen, sobald er ihr Haar ansah. Er musste sich immer beherrschen, es nicht anzufassen, um zu sehen, ob es so weich war, wie es aussah. *Also, nur das Gesicht. Das Gesicht!*
Aus dem Augenwinkel bemerkte er, dass sich die Tür zur Mädchen-Umkleidekabine öffnete. Er sah hin. Ja, es war Rae, die herauskam. Aber sie hatte immer noch ihre normalen Kleider an.
„Was ist denn los?“, fragte Anthony, als sie auf ihn zugelaufen kam.
„Es tut mir Leid, wirklich, es tut mir total Leid“, entschuldigte sich Rae atemlos. „Mein Vater gibt heute Abend bei uns zu Hause eine Cocktailparty. Ich habe ihm verspro-

chen, zu helfen. Darum ... darum kann ich heute nicht schwimmen."

„Eine Cocktailparty", wiederholte Anthony. Das hörte sich eigentlich nicht nach einer spontanen Idee an.

„Ja, für die Leute aus seiner Abteilung", antwortete Rae. Ihre Blicke irrten über sein Gesicht, ohne ihm richtig in die Augen zu sehen.

Sie lügt, dachte Anthony. Aber er glaubte immer noch nicht, dass sie vor dem Schwimmen kneifen wollte. Etwas anderes musste los sein.

„Wann ist die Party denn zu Ende?", fragte Anthony.

Rae formte ihr Haar mit der Hand zu einem Pferdeschwanz zusammen. Dann ließ sie es gleich wieder los. „Ziemlich spät, wahrscheinlich", antwortete sie. „Ich muss jetzt wirklich gehen. Ich muss ... äh ... bei den Vorbereitungen helfen."

Sie wartete nicht auf eine Antwort von ihm. Sie winkte nur kurz, dann lief sie los.

Anthony sah ihr nach, bis sie im Umkleideraum verschwunden war. Sein Instinkt sagte ihm, dass etwas nicht stimmte. Und sein Instinkt täuschte sich normalerweise nie.

Als der Bus vor dem Scott State anhielt, begann Raes Magen Origamis zu falten. War sie denn verrückt, dass sie so etwas tat?

Jetzt ist es zu spät, um sich darüber Gedanken zu machen, sagte sie sich, als sie in den Gang trat. Eine ganze Reihe anderer Leute stieg ebenfalls an dieser Station aus. Wahrscheinlich wollten die meisten von ihnen auch jemanden im Gefängnis besuchen. Sonst gab es hier nicht allzu viel.

Siehst du? Es ist vollkommen normal. Etwas, das viele Leute tun. Du musst dich nicht völlig verkrampfen, dachte sie. Aber sobald sie den Bus verließ, erhöhte ihr Magen die Geschwindigkeit der Origami-Produktion. Sie folgte dem kleinen Trupp von Leuten, die auf das Gefängnis zuliefen. Vor einem Sicherheitsposten bildete sich eine unregelmäßige Schlange.

Während sie darauf wartete, kontrolliert zu werden, zog Rae ein Taschentuch hervor und rieb sich das Mush von den Fingern. Dabei merkte sie, dass die taube Stelle an ihrem rechten Zeigefinger etwa Stecknadelkopf groß war.

„Äh, ich muss doch nicht sagen, warum ich jemanden besuchen will, oder?", fragte Rae die Frau, die hinter ihr stand, während sich die Schlange einen Schritt nach vorne schob.

„Das geht die überhaupt nichts an", antwortete die Frau. Sie schob das Kleinkind, das sie auf dem Arm trug, auf ihre rechte Hüfte. „Die wollen nur wissen, wen du besuchen willst. Dann kontrollieren sie deine Tasche, und das war's. Danach kannst du in den Warteraum."

„Danke", murmelte Rae. Die Schlange bewegte sich wieder weiter, und Rae trennte nur noch eine Person von dem Wärter, der ihre Namen aufschrieb. Wie war das gekommen? Das ging ihr alles viel zu schnell! Sie war noch gar nicht soweit. Sie wusste ja noch nicht mal, was sie zu Anthonys Vater sagen sollte. Sie hatte die ganze Busfahrt damit zugebracht, sich etwas zu überlegen. Aber ihr war nichts eingefallen, was ihr vernünftig vorkam.

„Name?", fragte der Wärter. Rae trat vor ihn. „Rae Voight. Ich möchte Tony Fascinelli besuchen." Der Wärter deutete auf ihre Tasche, und Rae reichte sie ihm. Wenn sie doch nur früher darauf gekommen wäre, dass die Tasche untersucht werden würde! Dann hätte sie sie vorher aufgeräumt und wenigstens die Tampons herausgenommen. *Das werden nicht die ersten Tampons sein, die der Typ zu sehen bekommt,* sagte sie sich. Trotzdem wurde ihr heiß im Gesicht, als sie mitbekam, wie der Typ ein Tampon beiseite schob, um tiefer in die Tasche gucken zu können.

„Alles klar. Gehen Sie rein", sagte der Wärter. Er reichte Rae die Tasche, und sie folgte den Leuten, die vor ihr dran gewesen waren, in ein flaches Gebäude. Es roch nach Industriereiniger, genau wie im Krankenhaus, genau wie im Institut. Rae holte eine kleine Flasche ihres Parfüms aus der Tasche und rieb sich etwas auf den Hals. Sie hoffte, der frische Geruch würde das Reinigungsmittel übertünchen. Stattdessen vermischte es sich mit ihm, machte den Geruch des Reinigers süßlicher und damit noch ekelhafter.

Rae setzte sich auf einen der Plastikschalensitze und begann durch den Mund zu atmen. Einen Augenblick später

setzte sich die Frau mit dem Kleinkind neben sie. „Willst du eine Zeitschrift?", fragte sie. „Es wird eine Weile dauern, bevor sie die Leute hereinlassen."
„Nein, danke", antwortete Rae. Sie musste sich dringend überlegen, was sie Mr Fascinelli sagen sollte. Was sie ihn am liebsten gefragt oder entgegengeschrien hätte, war: „Warum haben Sie Ihren Sohn seit so vielen Jahren nicht mehr gesehen?" Aber sie wusste, dass das nicht der richtige Weg war.
Ein anderer Wärter betrat jetzt den Raum und begann Namen aufzurufen. Raes Muskeln versteiften sich, als sie ihren Namen hörte. *Dafür bist du doch hergekommen,* erinnerte sie sich. *Wenn der Moment gekommen ist, wird dir schon einfallen, was du sagen kannst.*
Rae stellte sich wieder in eine Schlange – diesmal eine, um die Sicherheitsschleuse zu passieren. „Tisch vier", sagte der Wärter bei der Schleuse, während sie hindurchschritt. Rae nickte und betrat das Besuchszimmer. Als Erstes sah sie einen Mann und eine Frau, die es praktisch miteinander trieben. Ihre Körper pressten sich in der engen Nische zwischen dem Wasserspender und der Wand aneinander. Wow! Das konnte doch niemals erlaubt sein, oder? Sie sah zu den beiden Wärtern, die zwischen den zwei Tischreihen entlanggingen. Anscheinend bemerkten sie das Paar nicht.
Wie auch immer, dachte sie. Sie überflog den Raum mit den

Augen, suchte Tisch vier. Bevor sie die Nummer sah, sah sie Tony Fascinelli. Genau wie Anthonys Halbbruder in Selma, sah Tony Fascinelli Anthony viel zu ähnlich, um nicht mit ihm verwandt zu sein. Seine Haare waren kürzer – ein Bürstenschnitt – und er war eher fleischig als muskulös. Aber er war unverkennbar Anthonys Vater.

Rae ging langsam auf ihn zu. Ihr Hals wurde bei jedem Schritt trockener. „Mr Fascinelli?", brachte sie hervor, als sie den Tisch erreichte.

„Ja, das bin ich", antwortete er. Sogar seine Stimme klang ähnlich wie die von Anthony. „Hast du Geld für den Snack-Automaten?"

„Äh, ich glaube schon", antwortete Rae verblüfft. Sie begann in ihrer Tasche zu wühlen, zog jede Münze hervor, die sie finden konnte, und baute daraus einen kleinen Stapel auf dem Tisch auf.

„Er nimmt auch Dollar-Noten", sagte Mr Fascinelli. Er stand einfach da, sah sie an, ohne mit der Wimper zu zucken.

„Ach ja? Gut." Rae zog ihre Brieftasche hervor und nahm vier Dollar-Scheine heraus, die sie neben dem Kleingeldfach verwahrte.

Mr Fascinelli nahm das Geld an sich. „Okay. Wenn ich zurückkomme, gebe ich dir 20 Minuten. Du kannst mir etwas aus der Bibel vorlesen oder mich bekehren. Oder worauf immer ihr Teenie-Christen sonst noch so abfahrt."

Bevor Rae antworten konnte, ging er schon zum Snack-Automaten. Sie setzte sich langsam hin und legte ihre Hände flach auf die Tischplatte.

/ er sieht so / ***hätte nicht kommen sollen*** / **oh, Gott!** / ***möchte sein*** /

Die Gedanken kamen verzerrt an. Die Gefühle – Zorn, Trauer, Hoffnungslosigkeit, Freude – erreichten sie ebenfalls nur unklar. Auf dem Tisch befanden sich so viele Fingerabdrücke. So viele Leute, die so viel durchgemacht hatten. Wie viele von ihnen wohl ...

Mit einem Arm voll Snacks aus dem Automaten setzte sich Mr Fascinelli Rae gegenüber und riss sie so aus ihren Gedanken. „Leg los. Die Zeit läuft."

„Gut." Rae faltete die Hände zusammen, um sich auf ihre eigenen Gedanken konzentrieren zu können. „Also. Zuerst einmal: Ich komme nicht von einer religiösen Gruppe."

„Wer bist du dann?", fragte Mr Fascinelli, die Finger an einer Getränkedose, die er gerade öffnen wollte.

„Ich bin eine Freundin Ihres Sohnes", antwortete Rae. „Von Anthony", fügte sie schnell hinzu, weil ihr einfiel, dass Mr Fascinelli noch mindestens einen weiteren Sohn hatte.

Mr Fascinelli sprang auf. „Ich will zurück in die Zelle", rief er dem nächsten Wärter zu.

Rae stand ebenfalls auf. „Ich möchte Sie nur einen Augenblick sprechen", bat sie. „Anthony sucht Sie schon seit langem ..."

„Bring ihn auf keinen Fall hierher. Und falls du das doch tust, will ich ihn nicht sehen", fiel ihr Mr Fascinelli ins Wort. Während der Wärter zum Tisch kam, sammelte Anthonys Vater die Tüten mit den Chips und Nüssen und die Getränkedosen ein.

„Sind Sie sicher, dass Sie schon fertig ...", begann der Wärter.

„Bringen Sie mich hier weg", antwortete Mr Fascinelli.

Kapitel Sechs

Ich habe gestern Abend bei dir angerufen. Du warst nicht da. Und von irgendwelchen Cocktailpartys habe ich auch nichts mitbekommen.

Ja. Genau das würde Anthony zu Rae sagen. Wenn er sie nicht einfach packen und anschreien würde: „Warum zum Teufel lügst du mich an?" Was er aber nur tun konnte, wenn sie ihren Arsch auch zur Gruppentherapie bewegen würde. Die Sitzung sollte in weniger als fünf Minuten beginnen, und Rae war immer noch nicht in Sicht.

Anthony lehnte sich gegen die Außenwand des Instituts. Die Ziegel drückten hart und spitz gegen seinen Rücken. *Ist ihr vielleicht wieder etwas passiert?*, überlegte er. *Ist das, was sie verschweigt, außer Kontrolle geraten?*

Verdammt! Hatte dieses Mädchen denn nicht mitbekommen, dass es gefährlich war, eine schwierige Situation ohne Hilfe durchstehen zu wollen?

„Anthony", rief jemand.

Er wandte seinen Kopf in die Richtung und sah Mrs Abramson, die Leiterin der Gruppe, auf sich zu kommen.

„Komm rein. Es wird Zeit", sagte sie zu ihm.

Er drückte sich von der Wand ab und folgte ihr in das Gebäude. Was hätte er sonst tun sollen? Als sie im Therapiezimmer ankamen, setzte er sich wie ein braver Junge auf einen der Metallstühle und nickte Jesse zu. Dann richtete er seine Augen auf die Tür. *Komm rein, Rae,* dachte er. *Komm rein.*

Als ob sein Wille es geschafft hätte, ging die Tür auf, und Rae kam herein. Sie schlüpfte auf den nächstbesten Platz. Sie sah furchtbar aus. Verschwitzt und grau im Gesicht. Anthony wäre am liebsten auf sie zu gesprungen und hätte sie einfach ... er wusste noch nicht mal, was er hätte tun wollen. Ihr das Lügen vorwerfen? Sie in den Arm nehmen? Sie fragen, ob alles in Ordnung war? Sie eine verdammte Idiotin nennen?

„Also, Leute, fangen wir an", verkündete Mrs Abramson. Was bedeutete, dass Anthony zunächst einmal überhaupt nichts tun konnte.

„Fangen wir an und hören uns reihum die neuesten Entwicklungen an", fuhr Mrs Abramson fort. „Matt? Willst du heute mal beginnen?"

Widerwillig richtete Anthony seinen Blick auf Matt. Mrs Abramson würde stinksauer werden, wenn er nicht zumindest so tat, als würde er zuhören. Das gehörte zum „Respekt für die Gruppe". Aber er konzentrierte sich nur halb auf die Antworten, die die Therapeutin Matt Wort für Wort abrang. Die andere Hälfte seiner Konzentration lag

vollkommen auf Rae. Er blickte kurz zu ihr herüber. Sie versuchte das Blut an ihrer Stirn mit einem Taschentuch aufzutupfen, aber es half nichts. Es blutete immer weiter. Außerdem sah sie aus, als müsse sie jeden Moment kotzen.
„Mrs Abramson", rief Rae jetzt und unterbrach damit ein langes Schweigen von Matt. „Ich fühle mich nicht wohl. Mein Vater wartet auf dem Parkplatz. Kann ich ...?"
„Natürlich. Geh nur", antwortete Mrs Abramson, während sie mit der Hand eine knappe, hinauswedelnde Geste machte. „Ruf mich an, wenn du vor unserer nächsten Sitzung noch über etwas sprechen möchtest."
„Danke", murmelte Rae. Dann stand sie auf und ging aus dem Raum.
Sie lügt schon wieder, dachte Anthony. Gut, sie sah schlecht aus, aber irgendetwas ... stimmte nicht. Irgendetwas war faul.
„Ich möchte, äh, nur schauen, ob sie auch gut zum Auto kommt. Sie sah ziemlich zittrig aus." Anthony wartete gar nicht auf Mrs Abramsons Antwort. Er stürzte einfach hinaus und verlangsamte sein Tempo erst, als er auf dem Flur war. Er wollte nur sehen, ob sie auch wirklich zu ihrem Vater ins Auto stieg. Und Rae musste nicht unbedingt mitbekommen, dass er ihr nachspionierte.
Als er zum Haupteingang kam, zählte er bis fünf, dann öffnete er die Tür. Mit drei langen Schritten lief Anthony zu einer Stelle, von der aus er den gesamten Parkplatz im

Blick hatte – einschließlich Rae, die gerade in Yanas Auto stieg.
Er hatte doch gewusst, dass sie ihm irgendwas verheimlichte! Und wenn er geglaubt hätte, dass es so eine typische Mädchen-Sache gewesen wäre – zum Beispiel ein heimlicher Ausflug zum Shopping –, dann okay, kein Problem. Aber Rae hatte ihn angelogen. Sie hatte vergessen, dass sie miteinander lesen üben wollten. Machte schon zwei Dinge. Und sie hatte das Schwimmen geschwänzt.
Anthony kannte Rae. Und nichts davon sah ihr ähnlich.
„Was immer mit ihr los ist – es muss etwas ziemlich Schwerwiegendes sein", murmelte er. Und er würde herausfinden, um was es sich handelte, noch bevor der Tag zu Ende war.

„Hast du dieses Zeug extra gekauft, um krank zu spielen?", fragte Rae, während sie sich das Make-up vom Gesicht wischte.
Yana lachte. „Nein. Als ich es das erste Mal aufgelegt habe, habe ich gemerkt, dass es mein Gesicht ganz grau machte. Ich wollte es eigentlich umtauschen, aber ich war zu faul. Und dann ist mir eingefallen, dass es auch ganz hilfreich sein könnte."
„Für einen überzeugenden Teint", zitierte Rae einen Werbespruch.
Yana fuhr auf die Autobahnauffahrt und gab Gas. „Yeah!

Ich sollte ein Buch schreiben, was? *Schummel dich raus – ein Ratgeber für alle Lebenslagen.*"
„Raus oder rein?", fügte Rae hinzu. „Sofern du mich wirklich so nah an Tony Fascinelli heranbringen kannst, wie du sagst."
„Ohne mich hättest du besser gar nicht erst versuchen sollen, mit ihm zu sprechen", meinte Yana. „Wann wirst du endlich einsehen, dass du bei solchen kleinen Missionen auf mich angewiesen bist?" Yana grinste. Aber ihr Grinsen wirkte ein wenig verkniffen.
Ich glaube, ich habe sie wirklich verletzt, dachte Rae. Yana tat zwar immer so, als würde ihr nichts etwas ausmachen, aber offensichtlich war zumindest ein kleiner Teil davon nur gespielt.
„Du hast Recht", antwortete Rae. „Den Ausflug hätte ich mir schenken können. Ich hätte dich gleich einweihen sollen. Aber ich dachte, das würde Anthony sicher nicht gefallen ..."
„Meinst du denn, ich hätte es ihm gleich auf die Nase gebunden?", warf Yana ein.
„Nein. Natürlich nicht. Nein", sagte Rae schnell.
Yana nickte. Dann schaltete sie das Radio ein.
Rae war froh, dass die stampfende Musik das Auto erfüllte. Auf diese Weise konnte man sich kaum noch unterhalten, und sie dachte, dass es wohl besser war, eine Weile zu schweigen. Obwohl sie darauf brannte, Yana zu fragen, wie

sie sie in das Scott State schummeln wollte. Bei der Laune, in der Yana sich gerade befand, war es besser, einfach abzuwarten – und Vertrauen zu signalisieren.
Rae schwieg noch, als sie auf den Parkplatz des Scott States fuhren. Und sie stellte auch keine Fragen, als sie Richtung Sicherheitskontrolle liefen.
„Wir haben einen Termin mit der Leitung des Hauses", sagte Yana zum Wärter. „Yana Savari und Rae Voight."
Einen Termin?, überlegte Rae. Jetzt wurde es spannend.
Der Wärter sprach in sein Walkie-Talkie, und ein paar Augenblicke später tauchte ein weiterer Wärter auf. Zum Glück war Rae bei ihrem letzten Besuch hier keinem von ihnen begegnet. Sie hatte sich keine Gedanken darüber gemacht, was sie sagen sollte, wenn sie jemand wiedererkannte.
„Ich bin Jon Powning", sagte der neue Wärter. „Ihr könnt Jon zu mir sagen. Ich bringe euch hinein."
Er hatte ein hübsches Gesicht: lange Wimpern, wie Marcus, und haselnussbraune Augen, die zu sagen schienen, ich bin ein freundlicher Typ. Und warum auch nicht – Rae musste ihr Vorurteil ablegen, dass jeder, der in einem Gefängnis arbeitete, eine Art Monster war. Bei ihrem letzten Besuch war sie anständig behandelt worden. Warum sollte es diesmal anders sein?
Aber Raes Überlegungen konnten das Zittern ihrer Knie doch nicht verhindern, als der Wärter sie nun in das Ge-

fängnis begleitete, durch die Sicherheitsschleuse hindurch, an den Drogenhunden vorbei, in den Aufzug und hinauf zum Büro des Gefängnisleiters. Und egal, wie freundlich und gesprächig der Wärter war – es kam ihr vor, als würde das Gebäude an sich Wellen der Angst bis in ihre Knochen aussenden.

Rae rieb ihre Hände vorsichtig gegeneinander. Ihre Fingerspitzen waren empfindlich, ohne ihren Schutz aus Mush. Hier etwas anzufassen, war eigentlich das Letzte, was sie wollte. Aber sie wusste, dass ihr nichts anderes übrig blieb, wenn es Yana gelingen würde, sie nah genug an Tony Fascinelli heranzubringen. Rae musste einen neuen Versuch starten.

Jon drückte auf den Knopf der Sprechanlage. „Hier ist Powning. Ich bringe die Mädchen", sagte er. Er ließ den Knopf los, und einen Augenblick später hörte man das Summen des Türöffners und das Klicken eines Schlosses, das aufsprang. Jon öffnete die Tür und ließ die Mädchen vor ihm eintreten.

„Einen Augenblick", sagte der Mann hinter dem Schreibtisch – der Leiter des Gefängnisses. Er hielt einen Finger in die Höhe und tippte im Zwei-Finger-Such-System mit der anderen Hand auf der Tastatur seines Computers herum. Er drückte ein paar Tasten, murmelte etwas vor sich hin und drückte noch eine Taste. Dann sah er auf und lächelte Yana an. „Willkommen! Ich habe schon alles für euch vor-

bereitet." Er wandte sich an Rae und streckte ihr die Hand entgegen. Sie schüttelte sie, wobei es ihr gelang, den Fingerspitzenkontakt zu vermeiden.
„Ich bin Jason Driver, der Leiter der Anstalt", sagte er zu Rae. „Die Eins für dein Referat hast du so gut wie sicher. Dank deiner überzeugenden Freundin hier." Er zwinkerte Yana zu.
Yana zwinkerte zurück.
„Wenn wir hier fertig sind, werdet ihr genau wissen, wie man sich als Insasse des Scott States fühlt", fuhr der Leiter fort.
Rae schlang die Arme um ihre Hüften. Sie hoffte, dass der kleine Schauer, der sie bei diesen Worten durchlaufen hatte, für niemand anderen sichtbar gewesen war. „Super", sagte sie. „Das klingt wirklich viel versprechend."
„Allerdings", fügte Yana hinzu. „Ich habe Mr Driver schon erzählt, dass wir zusammen bereits ein Frauengefängnis besucht haben. Dass wir es aber noch mit einem Männergefängnis vergleichen und eine Gegenüberstellung machen wollten."
„Super", wiederholte Rae.
„Unsere Führung wird allerdings etwas außergewöhnlich sein", sagte der Gefängnisleiter. „Ihr sollt alles mit den Augen eines Gefangenen sehen. Und der erste Schritt dazu wird sein, euch in Gefangenenkleidung zu stecken."

Anthony blickte durch die Windschutzscheibe des Hyundai zum Gefängnis hinüber. Was hatten Rae und Yana dort bloß zu tun? Es war ja noch nicht mal Besuchszeit – zumindest hatte Anthony niemanden außer ihnen hineingehen sehen.

Er rutschte auf seinem Sitz hin und her, versuchte, es sich bequemer zu machen. Aber seine Muskeln waren einfach zu verspannt. *Es kann einen ganz normalen Grund dafür geben, dass sie hier sind,* sagte er sich. Nur, wenn der Grund so absolut normal war – warum hatte Rae ihm dann nichts davon erzählt und ihn belogen?

Anthony sah zu Yanas gelbem Käfer. Er parkte in der Reihe vor ihm, direkt in seiner Sicht. Rae würde diesen Parkplatz nicht ohne eine Erklärung verlassen.

Wie lange bin ich schon hier drin?, überlegte Rae. Ihr Herz schlug so schnell, dass es sich wie ein Flattern in ihrer Brust anfühlte, anstatt des gleichmäßigen Da-dam, Da-dam.

Sicher noch keine halbe Stunde, sagte sie sich. *Jon, der nette Wärter, verschafft dir einen kleinen Einblick in die Sache. Er raucht nur kurz eine Zigarette oder kaut einen Kaugummi oder was auch immer. Jeden Moment kommt er wieder herein und lässt dich raus.*

Rae zog ihre Knie näher an die Brust und versuchte von der offenen Toilette weiter abzurücken. Aber es war sinnlos. Ihre Einzelzelle war so klein, dass, wohin sie sich auch bewegte, sie immer noch viel zu nah daran saß. Jon hatte ihr und Yana erklärt, dass die Toiletten im „Loch" alle paar Stunden von den Wärtern durchgespült wurden. Es roch allerdings eher nach alle paar Wochen. Aber vielleicht kam ein Teil des Gestanks ja auch von den Gefangenen. Eine Art der Strafe für die Männer in Isolationshaft war, keine Gelegenheit zur persönlichen Hygiene zu haben. Keine Dusche – noch nicht mal eine Katzenwäsche am Waschbecken – keine Zahnbürste, kein Deo, keine Haarbürste. Nur du. Das kleine Stück Zement. Und die Toilette.

Wenn ich wenigstens meine Armbanduhr hätte, dachte Rae. Aber Jon hatte sie die Uhren ablegen lassen, bevor sie die Führung begonnen hatten. Wenn sie ihre Uhr gehabt hätte, hätte sie sicher aufgehört, solche Angst zu haben. Dann hätte sie hier sitzen können, mit der Uhr vor der Nase, und zusehen können, wie die Minuten verstrichen. Und nach 15 oder 20 Minuten – maximal nach 30 – käme Jon wieder und ließe sie heraus.

„Das müssen wieder mindestens fünf Minuten gewesen sein", flüsterte Rae. Es kam ihr vor wie fünf Stunden. Aber die Zeit verstreicht nicht wie sonst, wenn man allein im Dunkeln sitzt. Darum brauchte sie ihre Uhr. Dann hätte sie wenigstens sicher sein können, dass die Zeit tatsächlich verging. Und sie hätte sicher sein können, dass sie hier nicht sterben würde.

Ihr flatterndes Herz legte an Geschwindigkeit zu, und sie

fühlte eine heiße Stelle im Nacken, die langsam ihren Schädel hinaufkroch. *Langsam, langsam. Das ist nur eine Panikattacke,* dachte Rae. *Bleib ganz ruhig. Jon wird gleich wieder kommen.*

Die heiße Stelle stieg höher und höher, überwand ihren Scheitel und breitete sich über ihr Gesicht aus. Ihr Herz fühlte sich an, als wollte es aus der Brust springen.

Bekam sie vielleicht einen Herzinfarkt? Das konnte nicht sein. Dazu war sie viel zu jung. Mit einem Mal breitete sich die Hitze in ihrem ganzen Körper aus. Sie konnte ihr Herz in den Zehen schlagen fühlen, im Nacken, in den Ohren, den Fingerspitzen. „Ich kann nicht mehr ...", winselte Rae. Sie ignorierte den Gestank, atmete so tief wie möglich ein, dann schrie sie.

Eine schrille Stimme schallte zu ihr zurück.

„Schreien nützt überhaupt nichts, Baby", fügte ein Mann hinzu. Seine Stimme klang belegt und rau, als hätte er sie lange Zeit nicht mehr benutzt.

Rae war gar nicht bewusst gewesen, dass jemand nah genug war, um sie zu hören – jemand anderer als die Wärter, die dieses Loch von irgendwo aus beobachteten, wo es hell war und saubere Luft herrschte. Die Einsicht, dass jemand in der Nähe war, beruhigte sie ein wenig. „Yana, kannst du mich hören?", rief sie.

„Yana, kannst du mich hören?", echote jemand mit verstellter Stimme. Von Yana keine Antwort.

„Hier ist ein Freund, der dich hören kann", flüsterte eine lüsterne Stimme. Sie kam ihr vor wie eine Hand, die ihren Körper entlangstrich. „Ein guter, enger Freund."

„Willst du mir nicht einen runterholen?", warf jemand anders ein.

Raes Panik wandelte sich in Zorn. Ihr Herzschlag verlangsamte sich zu einem kräftigen gleichmäßigen Rhythmus. Was waren diese Typen nur für Abschaum! Aber sie würde hier heute wieder herauskommen. Sie konnte an den Kühlschrank gehen und sich holen, was sie wollte und telefonieren, wann es ihr passte. Und die würden immer noch hier sitzen!

Gott, was musste man nur getan haben, um im Loch zu landen? Ob Anthonys Vater jemals ...?

Das Schloss klickte, dann wurde die Tür geöffnet. „Du kannst raus, Voight", sagte Jon zu ihr. „Steh auf!"

Rae sprang auf und stürzte aus der Zelle. Yana stand neben Jon. Rae musste sich beherrschen, dass sie ihr nicht um den Hals fiel. Sie hätte es gern getan – aber sie wollte dem Abschaum nicht noch eine weitere Show liefern.

Jon führte sie aus der Einzelhaft hinaus, zurück auf einen der langen, kotzgrün gestrichenen Flure. „Ihr ward beide 20 Minuten lang im Loch. Jetzt stellt auch mal vor, wie es ist, wenn man da ein paar Tage lang drinsitzt."

Raes Magen drehte sich fast um.

„Dann würde mir der Arsch einschlafen", antwortete Yana.

Sie klang fast begeistert. Rae warf ihr einen Blick zu. Yana sah nicht so aus, als spielte sie Theater. Sie sah eher so aus, als befänden sie sich auf einem Schulausflug in eine Bäckerei oder eine Farbenfabrik.

„Die Männer nennen es Elefanten-Gruft", sagte Jon, während sie den Flur entlangliefen. „Wenn man lang genug drinsitzt, bekommt man an bestimmten Stellen Hornhaut. Wie riesige Schwielen." Neben einer Doppeltür blieb er stehen. „Hier sind die Duschen. Ein offener Raum. Mit Wärtern. Da kann ich euch selbstverständlich nicht hineinführen."

Gott sei Dank, dachte Rae.

„Aber das Schlimmste ist – es gibt keinen Stylingschaum." Jon zwinkerte Yana zu. „Es sei denn, die Familie schickt Geld dafür. Die Männer, die kein Geld von ihren Familien bekommen, müssen mit dem, was wir ihnen geben, vorlieb nehmen. Und viel ist es nicht. Nur Zahnpasta und Seife. Das Wichtigste eben. Die Steuerzahler beklagen sich immer darüber, dass sie für die Häftlinge zahlen müssen, die herumsitzen, Gewichte heben und fernsehen. Aber letzten Endes sind es doch die Familien, die das meiste zahlen."

Sie kamen an das Ende des Flurs, an dem sich wieder Doppeltüren befanden. „Ich zeige euch jetzt den Hof. Die Insassen, die sich gut führen, können hier ein wenig Luft schnappen und sich etwas bewegen. Es sind zwar eine Menge Wärter im Dienst, aber ich möchte trotzdem, dass ihr so nah wie möglich bei mir bleibt", sagte Jon. Er winkte in Richtung der Überwachungskamera, die in einer Ecke aufgehängt war, und einen Augenblick später öffnete sich klickend das Türschloss.

Jon schob sie nach draußen, und Rae sog einen tiefen Zug der sauberen, lauen Luft ein. Tat das gut! Am liebsten wäre sie dort stehen geblieben und hätte geatmet und immer nur geatmet, bis sie sich völlig gereinigt gefühlt hätte. Aber sie war ja zu einem bestimmten Zweck hier. Rae ließ ihre Augen über den Hof schweifen, um nach Anthonys Vater Ausschau zu halten. Es wäre schon ein Zufall, wenn er zur gleichen Zeit hier draußen war wie sie. Aber unmöglich war es nicht.

Ihre Augen glitten von Gesicht zu Gesicht. Sie versuchte, die spielenden Zungen, die fliegenden Küsse und das Pfeifen der Männer zu ignorieren und sich auf das zu konzentrieren, was sie sich vorgenommen hatte. Tony Fascinelli befand sich weder in der Gruppe, die Basketball spielte, noch hing er bei den Rauchern herum oder joggte neben dem hohen Zaun entlang. Rae blickte nach links und betrachtete die Bodybuilder, die sich alle noch mehr ins Zeug legten, als sie mitbekamen, dass sie zu ihnen sah.

Ein Adrenalinschub durchschoss sie, als sie einen dunkelhaarigen Mann entdeckte, der Gewichte stemmte. Sie stellte sich auf die Zehenspitzen, um besser sehen zu können. „Das ist er", flüsterte sie Yana zu. „Der zweite Gewichtheber in der hinteren Reihe." Er schien sie nicht bemerkt zu haben. Umso besser.

„Sag mal, Jon", begann Yana. „Wir hatten gehofft, dass wir vielleicht ein paar Leute für unser Referat interviewen können. Im Frauengefängnis haben wir mit einigen Frauen gesprochen, die Gewichtheben und so was gemacht haben, um sich fit zu halten. Es wäre gut, wenn wir zum Vergleich mit ein paar Männern sprechen könnten, die Bodybuilding machen."

Jon fuhr sich mit dem Handgelenk über die Stirn. „Warum nicht?", sagte er. „Wir können ja mal zu den Wärtern im Bodybuilding-Bereich gehen. Mal sehen, was sich machen lässt."

Rae wollte Jon gerade folgen, als ihr ein Basketball gegen die Wade flog. Die Männer, die Basketball spielten, lachten, und Rae hatte das Gefühl, dass es kein Zufall gewesen war. Sie starrten alle zu ihr herüber – und alle mit einem ähnlich gierig einschleimenden Blick wie Al Schumacher. *Bleib ruhig,* sagte sie sich. *Yana wird dafür sorgen, dass du bekommst, weswegen du hergekommen bist, und dann haust du wieder ab.* Sie bückte sich und hob den Ball auf.

/ kleine spitze Brüste / **Schulmädchen** / kein Foul / **das Mädchen Melissas Tochter?** /

Die Gedanken waren undeutlich, wegen all der alten Fingerabdrücke, die sich darunter befanden. Trotzdem hatte Rae sie lesen können. Ihre Finger begannen zu zittern, und sie fasste den Ball fester. Melissa war der Name ihrer Mutter. Hatte vielleicht einer der Männer, die hier Basketball spielten, ihre Mutter gekannt? Jemand, der im Gefängnis saß, sollte ihre Mutter kennen?

Melissa ist ein häufiger Name, sagte sie sich. *Werd bloß nicht paranoid.* Aber die Gedanken – jedenfalls die neuen, die sie hatte lesen können – stammten doch von den Leuten, die jetzt gerade Basketball spielten, und handelten von Yana und ihr. Andere Mädchen gab es hier nicht. Also musste doch sie gemeint sein, oder?

„Kommst du jetzt, oder nicht?", fragte Yana

„Ja", antwortete Rae. „Ich will nur den Ball zurückbringen." Sie lief zu den Männern.

„Seht mal, sie hält meinen Ball", rief einer von ihnen, wodurch eine neue Runde Kommentare ausgelöst wurde, über Raes Körper und das, was sie damit anstellen wollten.

Hunde, die bellen, beißen nicht, erinnerte sich Rae.

„Ich würde ja gern mit euch spielen", rief sie und erntete damit ein Gelächter. Sie fühlte sich über und über schmutzig. „Ich bin keine schlechte Spielerin." Rae warf dem nächstbesten Mann den Ball zu. „Meine Mutter muss gewusst habe, dass ich mal ganz vernünftig spielen würde. Darum hat sie mich Rae genannt. Und mir nicht so einen mädchenhaften Namen gegeben, wie sie selbst hatte: Melissa."

So. Vielleicht wirkte es ein bisschen durchgeknallt, so albernes Zeug über sich zu erzählen. Aber wer immer diesen Gedanken gehabt hatte – er wusste jetzt, dass sie tatsächlich Melissas Tochter war. *Das müsste weitere Gedanken über mich nach sich ziehen – wenn der Erste wirklich mit mir zu tun gehabt hatte.* Was wahrscheinlich doch nicht der Fall war. Denn wer hätte hier im Gefängnis ihre Mutter kennen sollen? *Ich muss nachher nur noch mal den Ball anfassen,* dachte sie und blickte wieder zu Yana und Jon.

„Hey, Voight! Ich habe dir doch gesagt, du sollst in meiner Nähe bleiben", bellte Jon.

Rae lief erleichtert zu ihm und Yana zurück, und sie gingen zusammen zu den Gewichthebern. Rae hielt sich hinter Jon, damit Tony sie nicht sah. Sie wollte ihm keine Vorwarnung geben.

„Kannst du uns etwas über den einen oder anderen dieser Gewichtheber sagen?", fragte Yana „Es wäre toll, wenn wir mit ein paar Leuten sprechen könnten, die etwa die gleichen Voraussetzungen haben wie die Frauen, die wir ..."

Jon blieb so abrupt stehen, dass Rae gegen ihn lief. „Waffen raus!", rief er. Er fasste hinter sich, packte Rae am Arm, zog sie an sich und packte Yana mit der anderen Hand.

„Hau drauf! Hau drauf!", begannen die Häftlinge zu rufen. Im Bodybuilder-Bereich hatte sich ein Ring aus Männern gebildet. Zwei Wärter mit gezogenen Waffen bahnten sich ihren Weg.

„Es ist gleich wieder vorbei", sagte Jon. „Situationen wie diese trainieren wir ständig."

Rae nickte, obwohl sie die Anspannung in seiner Stimme hörte und seinen festen Griff an ihrem Arm spürte. Tony Fascinelli war irgendwo da drüben bei der Gruppe. War er an dem Kampf beteiligt, oder ...

Eine Alarmglocke begann zu schrillen. Fast im selben Moment stellten die Männer sich in unregelmäßigen Reihen auf. Die Wärter begannen sie nach drinnen zu führen. Innerhalb von wenigen Minuten war der Hof leer – bis auf vier Wärter und zwei Häftlinge, die schon überwältigt waren. Einer von ihnen war Anthonys Vater. Seine Augen irrten zu Rae, als er vom Hof geführt wurde. Irrten zu ihr und wieder weg. Sehr schnell. Sie hatte keine Zeit, in seinem Gesicht zu lesen.

„Wir warten noch einen Moment. Bis die Männer wieder in ihren Zellen eingeschlossen sind", sagte Jon. „Ihr werdet euer Interview ein anderes Mal führen müssen."

„Macht nichts", antwortete Rae. „Ich glaube, wir haben schon genug gesehen."

„Bist du sicher?", fragte Yana. Ihre blauen Augen blickten besorgt.

Rae nickte. Was sie bisher über Anthonys Vater erfahren hatte, war nur Unerfreuliches. Warum hätte sie noch mehr davon herausfinden sollen? Damit würde sie Anthony sicher keinen Gefallen tun.

Das Klingeln der Alarmglocke hörte abrupt auf. Jon ließ Rae und Yana los. „Kommt mit. Die Führung ist beendet. Ich bringe euch zurück ins Büro des Leiters."

Bring uns lieber hier raus, dachte Rae, während sie über den Hof zurückgingen. Dann bemerkte sie aus dem Augenwinkel einen orangefarbenen Fleck. „Ich hole kurz den Basketball", erklärte sie. Ohne auf Jons Antwort zu warten, trabte sie los und hob den Ball auf.

/ Aaron rutscht ab / Blonde mit dem herzförmigen Arsch / ***Spielstand*** / **Melissa in der Gruppe** /

Rae fuhr mit dem Finger zurück zum letzten Gedanken. Sie fühlte vorsichtig darüber, hoffte auf mehr.

/ **Rae auf die Welt gekommen, während Melissa in der Gruppe** /

Rae erstarrte. Diese Melissa war tatsächlich ihre Mutter! Und Rae war das *Mädchen.*

Kalte Mäusefüße liefen ihren Rücken hinauf und hinunter, während sie die Stelle auf dem Ball befühlte. Die Angst war zum Teil ihre eigene, aber zum Teil auch die des Mannes, der die Gedanken hinterlassen hatte. Wovor hatte er Angst? Etwa vor Raes Mutter? Oder der Gruppe – was für eine Gruppe überhaupt?

„Lass ihn einfach liegen", rief Jon ihr zu.

Rae rollte den Ball über ihre Fingerspitzen, suchte weiter. Aber sie fand nichts mehr über ihre Mutter. Oder über sich. Sie ließ den Ball fallen und sah ihm nach, wie er über das Basketballfeld hüpfte.

„Kommt. Ich bringe euch beide jetzt lieber nach draußen", sagte Jon. „Die Stimmung ist immer ein wenig angespannt, nach so einem Zwischenfall."

„War das denn ein Zwischenfall?", fragte Yana, als Rae wieder zu ihr und Jon stieß.

„Ein kleinerer Zwischenfall", antwortete Jon, während er sie ins Gebäude führte. „Es tut mir Leid, dass ihr gerade da ward, als es passierte." Er führte sie einen weiteren kotzgrünen Flur entlang bis zu einem Fahrstuhl, zog seinen Dienstausweis durch den Scanner und ließ sie eintreten, als sich die Fahrstuhltür öffnete. „Und dem Leiter wird es auch Leid tun", fügte er hinzu, als der Aufzug sanft und schnell die Stockwerke emporglitt.

„War nicht so schlimm", meinte Rae. Die Aufzugtür öffnete sich, und sie sah, dass der Leiter ihnen entgegeneilte.

„Ich habe alles auf den Überwachungskameras gesehen. Seid ihr beiden okay? Wahrscheinlich ein bisschen durcheinander, nehme ich an", antwortete er für sie. Dann wandte er sich an Jon. „Bringen Sie sie zu den Umkleideräumen, damit sie wieder ihre eigenen Sachen anziehen können. Und bringen Sie sie dann in mein Büro."

„In Ordnung", sagte Jon. „Hier entlang, Voight und Savari." Während sie den Flur entlanggingen, lächelte er, sodass man seine lang gezogenen Grübchen sah. „Jetzt kann ich ja auch wieder Rae und Yana zu euch sagen. Eure Zeit als Insassen des Scott State ist vorüber."

Ein weiterer Wärter kam um die Ecke auf sie zu. „Wenn du wüsstest, was ich Fascinelli abgenommen habe", sagte er zu Jon.
„Kann ich mal sehen?", platzte Rae heraus. „Ich ... äh ... wir haben in unserem Referat auch ein Kapitel über Waffen im Gefängnis."
Jon und der andere Wärter tauschten einen kurzen Blick. Jon schwieg und kniff die Augen leicht zusammen. „Ich weiß nicht ..."
„Ihr braucht es uns ja nicht zu geben", warf Yana ein. „Wir möchten nur mal einen Blick darauf werfen."
Jon zog die Augenbrauen weiter zusammen, dann zuckte er die Schultern. „Wird schon okay sein."
Der Wärter zog ein Messer aus seinem Gürtel. Es war offensichtlich ein Eigenbau. Der Griff bestand aus einigen Lagen dicker Pappe, und der Rest sah aus wie ein Stück altes Blech, das zu einer Klinge geformt worden war.
„Wir führen regelmäßig Kontrollen durch, um sicherzugehen, dass alle sauber sind. Aber wir finden immer wieder solche Sachen", gab Jon zu.
Rae kam einen Schritt näher. Sie streckte die Hand aus und fuhr mit dem Finger über den Griff aus Pappe. Ihr Magen begann Säure auszuschütten, und bittere Galle stieg in ihrem Hals auf, als sie ein Ausbruch von Wut durchtoste.
/ ***hasse das*** / ***auf keinen Fall zulassen*** / ***tief zustoßen*** / ***tief zustoßen*** /

„Weswegen ..." Rae räusperte sich, schmeckte wieder die Galle. „Der Mann, der das hier bei sich hatte – weswegen sitzt der eigentlich im Gefängnis?"

„Er hat bei einem bewaffneten Raubüberfall eine junge Frau umgebracht", antwortete der Wärter, der das Messer in der Hand hielt.

Raes Körper gefror. Anthonys Vater war ein Mörder.

Kapitel Sieben

Anthony fuhr mit dem Finger über das Armaturenbrett des Autos. *Wenn ich Rae wäre, könnte ich dadurch vielleicht herausfinden, was hier eigentlich vor sich geht,* dachte er. Aber er war nicht Rae. Und er konnte nichts anderes tun als warten. Beziehungsweise: als weiter warten. Denn das tat er schon seit mehr als zwei Stunden.

Er wusste, dass er sich besser mit der Liste seiner „Problem-Wörter" beschäftigen sollte, wie Rae es nannte. Wenn er an dem allgemeinen Leistungstest der Sanderson Highschool wirklich teilnehmen wollte, konnte er für die Vorbereitung alle Zeit gebrauchen, die er nur kriegen konnte. Aber im Moment musste er immer nur an Rae denken. „Würdest du jetzt wohl langsam mal wieder herauskommen?", murrte er. „Bitte!"

Er wechselte den Radiosender, hörte eine halbe Minute lang zu, wechselte dann wieder. Die Musik kam ihm vor, als kratzte sie im Inneren seiner Ohren. Was für eine Richtung es auch war – sie reizte ihn fast bis zum Schmerz. Er stellte das Radio aus. Die Stille im Auto war nur unwesentlich besser.

„Verdammt“, murmelte er. Er schlug mit der Faust auf das Armaturenbrett, und er konnte die Wucht des Aufschlags den ganzen Arm hinauf spüren. „Sehr gut, Fascinelli. Echt intelligent. Und sehr hilfreich.“ Er hatte Lust, gleich noch mal zuzuschlagen. Aber er gab dieser Lust nicht nach. Krisenmanagement, Lektion 101: *Auf Dinge einprügeln, ist keine Antwort auf ein Problem.* Außerdem schmerzte es an der Hand.

Möglicherweise war Rae da drinnen sogar sicherer aufgehoben als an den meisten anderen Orten – bei all den Wärtern und Sicherheitssystemen. Wenn sie sich nicht so komisch aufgeführt hätte, wenn sie nicht den Anschein gemacht hätte, als würde sie etwas vor ihm verbergen wollen – und zwar etwas Wichtiges – dann würde er sich sicher nicht solche Sorgen darüber machen, dass sie sich im Scott States befand.

Vielleicht hat es etwas mit Yana zu tun, fiel Anthony plötzlich ein. Er konnte sich vorstellen, dass Rae ihn anlog, weil sie jemand anderem – zum Beispiel Yana – versprochen hatte, ein Geheimnis nicht zu verraten.

Anthony bog seinen Kopf von einer Seite zur anderen, ließ die Muskeln krachen, wodurch die Lust, auf etwas einzuschlagen, langsam verging. Er brauchte eine ganze Weile, aber schließlich war er sich sicher, dass er Raes Gründe für ihre Heimlichtuerei jetzt kannte. Sie log ihn an, um jemand anderen zu decken. Typisch Rae. Er streckte seine

Nackenmuskeln noch einmal, dann drehte er seinen Oberkörper von einer Seite auf die andere und löste so die Spannung in seinem Rücken. Als er sich wieder in dem Sitz zurücklehnte und durch die Windschutzscheibe blickte, sah er Rae und Yana, die zu Yanas Käfer gingen.
Soll ich jetzt zu ihr gehen?, dachte er. *Wenn es wirklich nur wegen Yana ist, könnte ich ...*
Aber zu spät. Rae hatte ihn schon entdeckt. Ihr fiel die Kinnlade herunter. Und sogar von seinem Platz aus konnte er sehen, wie ihre Halsmuskeln arbeiteten. Anthony warf einen Blick auf Yana. Sie sah besorgt aus. Besorgt um Rae. Sie legte eine Hand auf Raes Schulter, als ob sie ihre Freundin schützen wollte.
Dann hatte er sich also doch getäuscht. Tief und gründlich getäuscht. Was immer hier auch lief – es hatte nichts mit Yana zu tun. Anthony stieg aus dem Auto, warf die Tür zu und ging zu Yana und Rae hinüber. „Was ist los?"
„Ebenfalls schönen guten Tag", antwortete Yana.
Anthony machte sich nicht die Mühe, sie anzusehen.
„Was ist los?", wiederholte Anthony und versuchte, seine Stimme etwas sanfter klingen zu lassen. Aber ohne großen Erfolg.
Rae atmete zitternd ein. „Ich schreibe ein Referat. Ein Vergleich über die Behandlung von inhaftierten Frauen und Männern. Der Leiter des Gefängnisses hat Yana und mich herumführen lassen", antwortete sie, und ihre Worte über-

schlugen sich fast, weil sie so schnell sprach. „Es war ziemlich beeindruckend."

Lügnerin!, dachte Anthony. Raes Gesichtsausdruck hatte sich verändert, als sie *ihn* gesehen hatte. Sie hatte ausgesehen, als hätte ihr jemand einen Schlag verpasst.

„Sie haben uns eine Weile im Loch sitzen lassen", fügte Yana hinzu. „Darin wärst sogar du verrückt geworden, Anthony. Und du kennst ja unsere kleine Rae. Sie ist wesentlich sensibler, als sie zu..."

„Steig in mein Auto, Rae. Ich will allein mit dir reden. Allein", sagte Anthony und bellte die Wörter förmlich hervor.

„Rae und ich haben uns gerade überlegt, dass wir auf dem Nachhauseweg irgendwo anhalten und etwas essen", sagte Yana. „Willst du nicht mitkommen und ..."

„Steig in das verdammte Auto, Rae", befahl Anthony, ohne auf Yana, die ihn aus zusammengekniffenen Augen beobachtete, zu achten. Er wusste, dass er sich wie ein Wilder benahm. Aber das war ihm egal. Er hatte sich nicht getäuscht. Mit Rae stimmte irgendetwas nicht. Und jetzt wusste er, dass es mit ihm zu tun hatte. Er wollte keine Sekunde länger warten, um herauszufinden, was es war.

„Ist schon okay, Yana", sagte Rae. „Wartest du auf mich?"

„Ich bin da drüben." Yana deutete mit dem Daumen auf ihren Käfer.

Anthony drehte sich auf dem Absatz um und lief zurück zu seinem Wagen. Er hörte, dass Rae ihm folgte, ein paar

Schritte hinter ihm war. Wortlos stiegen sie beide ein und schlossen die Türen.

„Woher nimmst du das Recht, mir hinterherzuschnüffeln?", fragte Rae, bevor Anthony ein Wort sagen konnte. Aber sie klang nicht verärgert. Sie klang eher verängstigt ... verängstigt oder als wäre sie kurz davor zu weinen. Bloß nicht! Er war im Moment nicht in der richtigen Stimmung, um auf Tränen einzugehen.

„Ich hatte einfach Angst, dass du dich in Gefahr begibst, kapiert?", schoss Anthony zurück. „Seit Tagen lügst du mich an, und ich habe gedacht, du versuchst mit etwas fertig zu werden, was du allein nicht bewältigen kannst."

Rae schüttelte den Kopf. „Nein. Es geht nur um ein Referat. Wie ich dir gesagt habe."

„Hör doch endlich mal auf zu lügen!", platzte Anthony heraus. Seine Hände ballten sich zu Fäusten, und er musste sich Mühe geben, um sie wieder zu öffnen. „Wenn du ein Referat halten musst – warum hast du mir dann erzählt, dass dein Vater deine Hilfe bei einer Cocktailparty braucht?"

„An dem Abend war es ja auch so", protestierte Rae. „Aber heute habe ich an dem Referat gearbeitet."

„Es gab keine Party, Rae. Ich habe bei dir angerufen", sagte Anthony.

„Oh", flüsterte Rae. „Oh." Sie zog die Ärmel über die Hände und rieb sie aneinander.

Anthony hatte das Gefühl, dass jemand Gummitwist mit seinen Eingeweiden spielte. Er hasste es, Rae so zu sehen – wie ein kleines, verängstigtes Mädchen. Er streckte seinen Arm aus und strich ihr mit einem Finger über die Wange. „Ich weiß ja sowieso schon, was los ist. Du musst mir nur noch die Einzelheiten sagen."

Rae sah ihn an. Ihre blauen Augen schimmerten unter den zurückgehaltenen Tränen. „Du weißt es?"

„Ja. Der Typ, der versucht hat dich umzubringen, und der Jesse entführt hat, will ein Spielchen mit mir treiben. Aber du hast dir – aus Gott weiß was für Gründen – gedacht, dass es sicherer für mich wäre, wenn ihr versuchen würdet, allein mit dem Typen fertig zu werden – du und Yana. Habe ich Recht?"

Rae zögerte.

„Ich wusste, dass es etwas mit mir zu tun hat", presste Anthony hervor. „Ich habe dein Gesicht beobachtet, als du mich gesehen hast. Du schienst nicht sauer zu sein, weil ich dir nachspioniert habe. Du hast – schockiert ausgesehen. Falls jemand hinter mir her ist, dann musst du mir jetzt alles sagen."

„Niemand ist hinter dir her." Sie lachte rau. „Jedenfalls nicht, dass ich wüsste. Aber du denkst wohl, wer sich zu sehr in meiner Nähe aufhält, dem kann alles passieren, was?" Sie kurbelte ihr Fenster halb herunter und starrte hinaus, als käme gerade ein Zirkus vorbei.

Wenn sie dachte, dass sie so einfach davonkäme – da täuschte sie sich. „Gut. Dann ist also niemand hinter mir her. Super. Aber ich will trotzdem wissen, was los ist."
„Als wir uns damals an den Fingerspitzen berührt haben – als du in der Erziehungsanstalt warst, habe ich – also ... ich habe etwas über dich herausgefunden", antwortete Rae und blickte immer noch aus dem Fenster.
Anthony gab ein nichts sagendes Grunzen von sich, obwohl seine Nerven angespannt waren. Er hatte das Gefühl, sie wollten jeden Moment reißen.
„Das stärkste Gefühl, das ich aufgenommen habe, war, wie sehr du dich danach sehnst, deinen Vater zu kennen", fuhr Rae fort.
„Mich sehne, ihn zu kennen? Mich danach *sehne*?" Das Wort kam sperrig über seine Zunge. „Der Typ war ein Samenspender, mehr nicht", widersprach Anthony.
Rae sah ihn an. „Wir wissen beide, dass das nicht wahr ist. Ich weiß, wie oft du dich schon gefragt hast, ob du Ähnlichkeit mit ihm hast."
„Na, und wenn schon?", entgegnete Anthony.
„Ich hatte mir überlegt, dass ... dass ich ihn für dich ausfindig machen könnte. Du weißt schon, mit Hilfe von Fingerabdrücken", gab Rae zu. In ihrem Gesicht lag eine Mischung aus Hoffnung und Sorge.
Anthonys Blick hing am Scott State. „Und hier ..." Sein Mund wurde trocken wie Sandpapier. Er musste ein paar

Mal schlucken, bevor er ein weiteres Wort herausbekam. „Hier hast du ihn gefunden?"
Eine Träne trat aus Raes Auge und rollte ihre Wange hinab. „Ja." Sie legte ihre Hand auf seinen Arm und vergrub ihre Finger im Stoff seiner Jacke. „Ich wollte es dir nicht sagen. Wirklich nicht."
Anthony machte sich von ihr los. „Du wolltest es mir nicht sagen? Du wolltest den armen kleinen Anthony vor der Wahrheit über seinen Vater beschützen? Weil mein Vater so ganz anders ist als deiner? Ist es so, Rae?"
Rae antwortete nicht. Eine weitere Träne rollte ihr Gesicht hinab. Sie machte sich nicht die Mühe, sie wegzuwischen.
„Was hat er getan?", fragte Anthony.
„Können wir nicht einfach so tun, als wäre das hier niemals vorge..."
„Was hat er getan?", wiederholte Anthony.
Rae blickte ihm offen in die Augen. „Er war an einem bewaffneten Raubüberfall beteiligt." Sie schwieg, aber Anthony war sich sicher, dass da noch mehr war. Er sah es ihrem Gesicht an.
„Und?", hakte er mit unnachgiebiger Stimme nach.
Rae seufzte. „Es tut mir Leid, Anthony, aber er ... er hat jemanden umgebracht. Es tut mir so Leid."
„Steig aus", befahl Anthony. Er hielt es nicht aus, sie anzusehen, das Mitleid in ihrem Gesicht zu lesen.

Als sie sich nicht schnell genug bewegte, langte Anthony über sie hinweg und öffnete die Tür. „Steig aus. Sofort."
Sie ging. Ohne ein weiteres Wort, ohne einen Blick zurück. Warum hätte sie sich umdrehen sollen? Sein Vater war ein Mörder.

Anthony wird nie mehr mit mir sprechen wollen. Er wird mich nie mehr wieder sehen wollen, dachte Rae. Sie lag im Wohnzimmer auf dem Sofa und starrte an die Decke. Wenn nur ihr Vater zu Hause gewesen wäre! Es war so still hier. Es gab nichts, was ihre Gedanken hätte übertönen können.
Die Fernbedienung für die Stereo-Anlage lag auf dem Tisch neben dem Ohrensessel. Nur drei Schritte entfernt. Aber Raes Blut war durch Zement ersetzt worden. Langsam durchhärtender Zement. Sie hatte das Gefühl, es nicht bis zur Fernbedienung zu schaffen. Und den ganzen Weg bis zur Stereo-Anlage erst recht nicht.
Ihr Handy befand sich in ihrer Handtasche, die neben ihr auf dem Boden stand. Vielleicht konnte sie es erreichen, ohne sich aufsetzen zu müssen. Aber wen sollte sie anrufen? Anthony jedenfalls nicht. Das Bild seines Gesichtsausdrucks, als er sie aus dem Auto warf, sprang ihr ins Gedächtnis. Sie schloss die Augen, versuchte den Schmerz und den Zorn, den sie dort sah, abzublocken. Aber natürlich nützte das Augenschließen gar nichts. Die Erinnerung an Anthonys Gesichtsausdruck in diesem Moment war in

ihr Hirn eingebrannt. Sie würde ihn nie mehr vergessen können.
Sie konnte Yana anrufen. Yana würde zuhören oder die Stille mit allerlei Geschwätz füllen, sofern Rae das wollte. Aber Yana hatte auch ein paar Stunden Ruhe verdient. Sie hatte sich während des ganzen Nachhausewegs Raes Geblubber angehört und noch nicht mal mit „Hab ich doch gleich gesagt" kommentiert. Kein einziges Mal.
Yana hat von vornherein gewusst, dass es eine dumme Idee war, dachte Rae. *Und ich? Nein. Ich nicht. Rae, das Mädchen, das sich so sicher ist, die Probleme anderer Leute lösen zu können. Nur nicht ihre eigenen.* Es war verdammt idiotisch gewesen, zu denken, sie könne hingehen und Anthony im Handumdrehen das geben, was er sich sein ganzes Leben lang schon gewünscht hatte.
Oder was sie jedenfalls gedacht hatte, dass er es sich wünschte.
Aber du wolltest es ihm doch nicht sagen, erinnerte Rae eine feine Stimme in ihrem Kopf. *Du wolltest ihm niemals etwas davon sagen.*
„Er hat es trotzdem herausgefunden. Das ist allein meine Schuld", murmelte Rae. Tränen begannen ihr wieder in die Augen zu steigen, und sie blinzelte sie wütend weg. Sie galten nicht Anthony. Es waren nur Tränen des Selbstmitleids, und das wollte sie nicht.
Rae seufzte, ließ ihre Hand in ihre Handtasche sinken, hol-

te mit zwei Fingern das Handy heraus und benutzte dann ihr Hemd, um es abzuwischen. Das Letzte, wovon sie im Moment etwas mitbekommen wollte, waren noch mehr eigene Gedanken. Als das Handy sauber war, hielt sie es sich vor das Gesicht und starrte es an. Sie musste eine menschliche Stimme hören. Und am liebsten die eines Menschen, der sie nicht für durchgedreht hielt.

„Jetzt hör bloß auf. Hör bloß auf!", sagte sie laut. Der Hauptgrund, warum sie mit jemandem sprechen wollte, lag darin, dass sie es mit sich selbst nicht mehr aushielt. Wenn sie noch eine Sekunde allein blieb, würde sie anfangen zu schreien, bis man sie in die Gummizelle sperrte.

Ich könnte Dad anrufen, dachte sie. Aber sie rief ihn sonst niemals an, und gerade jetzt fiel ihr erst recht kein plausibler Grund dafür ein.

Marcus. Der Name sprang aus dem Nirgendwo in ihren Kopf. *Ihn könnte ich anrufen.* Schon bei dem Gedanken, mit Marcus zu sprechen, wich die Kälte und Härte aus ihrem Körper. Bevor sie es sich wieder ausreden konnte, wählte sie seine Nummer.

Beim zweiten Klingeln hob er ab. „Hallo?"

Raes Zunge verknotete sich. Dies war das erste Mal seit dem *Zwischenfall,* dass sie Marcus anrief; das erste Mal, seit dem Krankenhaus, seit ihrer unausgesprochenen Trennung, seit Dori. „Hier ist Rae", brachte sie über die Lippen.

„Hallo, Rae!", sagte Marcus. Er klang hundert Prozent glücklich, ihre Stimme zu hören.
„Hallo", wiederholte Rae.
Marcus lachte. „Hallooo", raunte er mit seiner Frankenstein-Stimme.
Rae lächelte. Ihre Lippen zitterten. Sie versprach sich, hier am Telefon mit Marcus nicht die Fassung zu verlieren. „Na, wie geht's?"
„Och, na ja. Ich versuche gerade, wieder mit meiner alten Freundin zusammenzukommen. Ich hab ziemlichen Mist gebaut, und ich weiß nicht, ob ich sie dazu bewegen kann, mir zu verzeihen", antwortete Marcus.
Oh, nein! Dass er darauf abheben würde, hatte sie nicht erwartet! Sie dachte, er würde an der Oberfläche bleiben, wie neulich bei *Sliders*. „Äh, hm, klingt nicht so einfach", sagte Rae. „Vielleicht solltest du ihr etwas Zeit geben."
„Ich weiß, ich weiß. Aber das macht mich wahnsinnig."
Rae konnte die langen Grübchen auf seinen Wangen geradezu sehen. „Tja, dann musst du die Suppe wohl auslöffeln. Du sagst doch, du hast ziemlichen Mist gebaut", antwortete Rae, zu ihrer eigenen Überraschung. Solange sie mit Marcus zusammen war, hätte sie so etwas nie gesagt. „Und? Guckst du noch *General Hospital*?"
„Wer will das denn wissen?", fragte Marcus.
Rae hätte fast gelacht. „Erzähl mir doch mal, was passiert ist", forderte sie ihn auf. „Verrichte eine gute Tat an einem

armen Mädchen, dessen Vater denkt, dass Fernsehen das Hirn zerstört. Fang mit Lucky an", drängte sie.

„Wie weit zurück?", fragte er.

„Seit dem letzten Mal, als du mir davon erzählt hast. Falls du dich daran erinnerst", antwortete Rae. Sie rollte sich auf die Seite und presste das Telefon enger an das Ohr. So war es gut! Sie musste nichts sagen. Sie konnte die Worte einfach durch sich hindurchströmen lassen und sich wieder von Stein zu Fleisch verwandeln lassen.

Marcus redete und redete, und Raes Atmung wurde immer ruhiger. „Hey, ich brauche ein ordentliches *Dr. Pepper,* wenn ich weiterreden soll", sagte er schließlich. „Wie wär's: Ich hol dich ab und wir gehen etwas essen?"

Rae wusste: Wenn sie von dieser Couch aufstand, würde alles von neuem über sie schwappen, all die Schuldgefühle, die sie Anthony gegenüber hatte. Allein bei dem Gedanken hatte sie schon wieder sein Gesicht vor Augen. Der Schmerz, der Zorn. Er würde ihr nie mehr vertrauen, und er war für sie immer so ...

„Rae? Bist du eingeschlafen?", fragte Marcus.

„Nein, nein, es war sehr interessant. Vielen Dank. Aber ich muss jetzt weg", sagte sie in einem Atemzug.

„Okay", antwortete Marcus. „Meinst du ... es wäre in Ordnung, wenn ich dich demnächst mal wieder frage? Ich fand es lustig bei *Sliders.*"

Rae schloss die Augen, um dem Bild von Anthonys Gesicht auszuweichen. Natürlich half es auch diesmal nicht. „Ich fand es auch lustig. Aber ich muss jetzt weg. Bye." Sie legte auf, ohne seine Frage beantwortet zu haben.

Anthony sah das Schlagloch, bremste aber nicht ab. Er trat auf's Gas und fuhr mit einem Knochen durchrüttelnden Tong-Tong darüber. Das Tong-Tong schien zu rufen: *Mörder.*

Ich hätte Rae fragen sollen, wie er es getan hat. Ist er nah heran gegangen, hat er ein Messer benutzt, und ist er mit Blut bespritzt worden? Oder hatte er eine halbautomatische Waffe und hat den ganzen Raum zerschossen und dabei jemanden getroffen, der unglücklich genug war, an der falschen Stelle zu stehen?

Aber es ist ja auch egal. Es ist einfach ... Schwachsinn. Ich kenne den Typen ja überhaupt nicht, dachte Anthony. *Was macht er denn unterm Strich in meinem Leben aus? Ein paar hundert Minuten in 17 Jahren. Er bedeutet mir überhaupt nichts. Er ...*

Er ist mein Vater. Dieser Gedanke klang laut und deutlich. Und aufrichtig. *Er ist in meinem Blut. Er ist ein Teil von mir, ein Teil, den ich nicht von mir trennen kann, selbst wenn ich mir ein Stück Herz oder Hirn herausreißen würde.*

Anthony näherte sich der Straße, die zu seinem Haus führte. Aber er fuhr daran vorbei. Er war immer noch nicht in der Lage, nach Hause zu gehen. Er war nicht in der Lage, überhaupt etwas zu tun, außer zu fahren. Fahren und fahren und fahren. Das beanspruchte wenigstens einen Bruchteil seiner Aufmerksamkeit. Wenn er stehen blieb, würde er nur über seinen Vater nachdenken, und dann würde sein Kopf explodieren wie ein verdammter Vulkan. Er trat auf das Gaspedal und kam noch halb über die Kreuzung, bevor die Ampel von Gelb auf Rot sprang. Er wollte nicht stoppen. Er konnte nicht stoppen.

Die nächste Ampel war eindeutig rot, als er sich ihr näherte. Darum bog Anthony rechts ab, ohne den Fuß vom Gas zu nehmen. Er erntete ein Hupen von dem Typen, dem er dadurch die Vorfahrt genommen hatte. „Verreck doch", murrte er.

Er hörte ein leichtes Husten vom Motor des Hyundai und warf einen Blick auf die Benzinanzeige. Der Zeiger stand unterhalb des roten Bereichs. „Und du auch, du blödes Auto!" Das *7-Eleven,* in dem Nunan arbeitete, war nur noch ein paar Blocks entfernt. Wenn er es bis dahin schaffte, konnte er genug tanken, um ...

Der Motor hustete wieder. Anthony riss das Steuer von Seite zu Seite, schleuderte das Auto innerhalb der Spur hin und her. Manchmal konnte man auf diese Weise das Benzin aus der Seite des Tanks hinüber zur Leitung schleudern und so wenigstens noch ein Stück weiterkommen.

Aber diesmal nicht. Der Motor starb ab. Hier, mitten auf der Straße. Anthony schaltete die Warnblinkanlage an, nahm den Gang heraus, stieg aus und schob den Hyundai – während er mit einer Hand lenkte – an die Straßenseite.

Er riss den Schlüssel aus dem Zündschloss, dann warf er die Tür so heftig zu, dass der Rahmen ächzte.

Du musst nur zu Nunan gehen. Er hat sicher einen Kanister, den er dir leihen kann, sagte Anthony sich. Während er am Auto vorüberging, trat er gegen einen Reifen. „Schrotthaufen! Ma hätte ihn schon längst verkaufen sollen. Sie ..."

Mein Vater ist ein Mörder.

Der Gedanke verdrängte alles andere aus seinem Kopf. Während er loslief, hämmerten Fragen auf ihn ein; Fragen, die so hart waren, als würden ihm Steine an den Kopf geworfen. Ein Messer? Eine Pistole? Aus nächster Nähe? Einen Mann? Eine Frau? Mit einer Familie? Hatte er es geplant, oder war ihm der Überfall aus der Hand geglitten? Hat sein Vater ... hat es ihm Spaß gemacht? War er wie in einer Art Rausch? Hatte er schon vorher mal jemanden umgebracht, war aber nicht erwischt worden?

Anthony begann zu laufen. Wenn er nur schon beim *7-Eleven* wäre – dann könnte er mit jemandem reden. Vielleicht würden die Fragen dann verschwinden, oder zumindest in den Hintergrund geraten. Er bog um die Ecke, sah das große grün-rote Signet und heftete seine Augen darauf, während er seinen Schritt weiter beschleunigte. *Mör-der,* hämmerte der Rhythmus seines Schritts auf dem Pflaster. *Mör-der,* stimmte der Schlag seines Herzens zu.

Er rannte auf den Parkplatz und zwang sich schließlich, langsamer zu werden. Er wollte nicht wie ein Wahnsinniger in den Laden stürzen. Anthony fuhr sich mit der Hand durch das Haar, atmete ein paar Mal tief ein, dann schritt er durch die Tür.

Als Nunan die Klingel an der Tür hörte, blickte er auf. „Fascinelli? Wie geht's? Lange nicht gesehen."

„Hatte zu tun", antwortete Anthony. Obwohl die Wahrheit war, dass er diesen Ort bewusst gemieden hatte. Die Versuchung gemieden hatte. „Mir ist das Benzin ausgegangen. Ein paar Blocks weiter."

„Ich kann dir einen Kanister leihen", antwortete Nunan. Er fuhr sich mit der Hand über den rasierten Schädel und kicherte. Ein sicheres Zeichen dafür, dass er high war. „Kann ich sonst noch was für dich tun? Gebrannte Mandeln vielleicht? Oder etwas anderes Heißes?" Er lachte, bis er schnaufte. Offenbar hielt er sich für witzig.

Anthony schüttelte den Kopf. Seit die Schule wieder angefangen hatte, hatte er kein Gras mehr gekauft. Seit ihm klar geworden war, dass er seinen Abschluss nur schaffen würde, wenn er aufhörte, ständig mit den anderen auf der Toilette Joints zu rauchen.

Aber im Moment wusste er kaum noch, warum das überhaupt wichtig sein sollte. „Wenn ich es mir recht überlege ... ja. Etwas zu Rauchen wär nicht schlecht."

Das war genau das, was er jetzt brauchte. Er liebte dieses Gefühl, high zu werden. Die Welt drehte sich dann langsamer, und nichts schien ihm mehr so wichtig wie vorher.

Nunan warf ihm einen Blick zu, der zu sagen schien: Ich hab doch gewusst, dass du irgendwann wieder etwas kaufen würdest. Er zog eine Papiertüte unter dem Tresen hervor. Anthony war klar, dass Nunan das Zeug schon in der Tüte hatte – und dass er ihm die kleinstmögliche Menge verkaufen würde. Sogar als Anthony noch Stammkunde war, hatte er immer nur wenig gekauft, weil er nie viel Geld hatte.

„Gut. Hier ist also der *Slim Jim* und ein Päckchen Kaugummi", sagte Nunan, steckte beides in die Tüte und wedelte damit auffällig in Richtung Überwachungskamera. „Willst du auch noch Benzin?"

Anthony schüttelte den Kopf. „Ich komme später noch mal wieder." Er reichte ihm einen Zwanzigdollarschein und bekam wesentlich weniger Wechselgeld heraus, als er für einen lausigen *Slim Jim* und ein bisschen Kaugummi hätte kriegen müssen. Nunan winkte ihm lässig zu, und Anthony lief nach draußen. Weil ihm sowieso alles egal war, suchte er sich hinter dem Haus ein Plätzchen, wo ein Müllcontainer die Sicht auf ihn verbarg. Normalerweise hingen hier immer ein paar Typen rum, aber heute Abend war niemand da. Was Anthony nur Recht war. Er holte das kleine Tütchen Gras aus der Papiertüte. Dabei fiel ihm auf, dass er keine Papers hatte.

Er fühlte, wie in seinem Kopf wieder die Fragen auftauchten, wie sie begannen, ihn wieder zu steinigen. Er brauchte ein paar Züge. Und zwar schnell. Das würde die Fragen zumindest so weit betäuben, dass sie nur noch wie von Ferne klangen.

Wenn er jetzt wieder in den Laden ginge, wäre Nunan möglicherweise in Plauderlaune und würde ihn eine halbe Stunde lang festhalten, bis er die Papers herausrückte. So lange konnte Anthony nicht warten. Er suchte mit den Augen den Boden ab. Aha. Halb unter dem Müllcontainer lag eine Bong, die jemand aus einer Bierdose gebastelt hatte. Er nahm sie, drehte sie in der Hand. Sie war noch brauchbar. Weniger als eine Minute später zog er die erste Lunge voll Rauch ein. Ah! Das tat gut! Genau das hatte er gebraucht.

„Bist du schon high?", fragte eine Stimme in der Dunkelheit.

„Nein. Leider", antwortete Anthony. Er wünschte, dass dieser Typ wieder abzog. Aber jetzt kam Sean McGee hinter dem Müllcontainer hervor und setzte sich neben ihn.

„Gut. Ich will dir einen geschäftlichen Vorschlag machen", sagte McGee.

„Von der Sache mit den Sicherheitscodes habe ich schon gehört", antwortete Anthony.

McGee zog die Augenbrauen zusammen. „Irgendjemand redet zu viel."

„Immerhin ist es noch kein Stadtgespräch", antwortete Anthony, ohne zu erwähnen, dass er die Information von

Jesse hatte. Er hielt McGee die Bong hin, aber Sean schüttelte den Kopf.

„Muss klar im Kopf bleiben", sagte er. Er griff sich an seiner Hose nach unten in den Schritt. Was Anthony sich nicht unbedingt ansehen musste. „Ich brauche noch einen Mann. In die Häuser reinzukommen, ist kein Problem. Ich habe sämtliche Sicherheitscodes, wie du ja schon weißt."

Anthony nickte.

„Ich brauche nur jemanden, der hilft, das Zeug rauszutragen. Wir müssen schnell sein. Und gut organisiert. Und ich kann niemanden gebrauchen, der Panik bekommt. Bist du interessiert?", fragte McGee.

Anthony nahm noch einen Zug, hielt ihn an. Er hatte sich immer gefragt, ob er Ähnlichkeit mit seinem Vater hatte. Vielleicht sollte er versuchen, das herauszufinden. Vor allem, wo Rae doch solche *Mühe* auf sich genommen hatte, diesen Typen ausfindig zu machen.

„Ich brauche deine Entscheidung jetzt", sagte McGee. „Heute Abend suche ich den letzten Mann."

„Ich bin dabei", sagte Anthony.

KAPITEL ACHT

Haben dir meine kleinen Geschenke gefallen, Rae? Die Erinnerungsstücke an eine Vergangenheit, die du sicher am liebsten vergessen würdest? Ich habe noch nicht herausfinden können, wer dich außer mir noch beobachtet, Rae. Aber ich weigere mich, anderen das ganze Vergnügen zu überlassen. Jetzt bin ich mal am Zug, und dabei sollte mir lieber niemand in die Quere kommen. Ich möchte deinen Gesichtsausdruck sehen, wenn dir irgendwann die Wahrheit über mich aufgeht. Ich möchte derjenige sein, der zusieht, wie das Leben aus dir entschwindet. Dieses Vergnügen steht allein mir zu, und niemand anderem.

***

„Ich habe uns etwas vom Chinesen mitgebracht", rief Raes Vater, als er das Haus betrat.

Rae zuckte zusammen und wäre fast vom Sofa gefallen. *Ich muss nach dem Gespräch mit Marcus eingeschlafen sein,* merkte sie. O Gott, und dann dieser schreckliche Traum! Anthony hatte auf dem elektrischen Stuhl gesessen, und Marcus sollte den Schalter bedienen. Rae sah durch eine

Glasscheibe zu, die so dick war, dass Anthony sie nicht hören konnte, als sie schrie, wie Leid ihr das alles tat, wie unendlich Leid. Dann wurde der Schalter umgelegt, und Rae sollte eine Giftspritze bekommen. Sie war gefesselt. Die Nadel war ...

Raes Vater lehnte sich über die Rücklehne der Couch und hielt ihr eine große braune Papiertüte vor das Gesicht. Als ihr der Geruch des Essens entgegenströmte, ballte sich ihr Magen zu einer kleinen harten Kugel zusammen. Essen war das Letzte, was sie sich jetzt vorstellen konnte. Aber sie musste mit ihrem Vater reden. Und sie wollte nicht mehr länger warten. Sie richtete sich auf. „Ich mache Wasser heiß. Für Tee", sagte sie.

„Vor den anderen Professoren gebe ich immer an, was wir für tolle Hausfrauen sind", frotzelte ihr Vater, während er ihr in die Küche folgte.

Rae zwang sich zu einem Lachen, während sie zwei Tassen aus dem Schrank nahm. Sie waren frisch gespült, darum hafteten keine Gedanken an ihnen. Am liebsten wäre Rae losgelaufen und hätte sich eine Lage Mush auf die Finger geschmiert. Aber sie brauchte ihre Fähigkeit zum Fingerabdruck-Lesen während dieser kleinen Plauderei zwischen Vater und Tochter. So sehr sie es auch hasste in seinen Gedanken herumzuschnüffeln – heute Abend musste es sein.

Also. Ich brauche eine Einleitung, dachte sie, während sie die erste Tasse mit Wasser füllte. Sie hatte mit ihrem Vater schon öfter über ihre Mutter gesprochen. Aber am Ende war Rae fast immer wütend geworden und hatte sich in ihr Zimmer zurückgezogen oder sich irgendeine Ausrede einfallen lassen, um das Haus zu verlassen.

Sie stellte die Tassen mit dem Wasser in die Mikrowelle und schaltete sie ein. Dann sah sie zu ihrem Vater. Er summte leise vor sich hin, während er den Tisch mit den Papptellern und Plastikbestecken des China-Imbisses deckte.

Wie kann er nur so intelligent sein und sich gleichzeitig so einfach etwas vormachen?, fragte sie sich. Sie wusste, dass sie ihre Mutter nur kurz erwähnen musste, damit er sofort in tiefste Romantik verfiel und Rae vorzuschwärmen begann, was für eine wundervolle Person ihre Mutter gewesen sei. Obwohl sie beide wussten, was sie getan hatte.

Die Mikrowelle piepste. Rae nahm die Tassen heraus, ging damit zum Tisch, nahm die Teebeutel und hing sie in die Tassen. *Heute Abend darfst du nicht sauer werden*, ermahnte sie sich. *Du musst ihn reden lassen. Du brauchst Informationen. Du musst etwas über „die Gruppe" herausfinden, und warum jemand, der im Gefängnis sitzt, etwas über dich und deine Mutter weiß.*

Diese Sache war ihr zwar im Moment nicht mehr so wichtig – aber besser als an das Anthony-Desaster zu denken, an dem sie gerade sowieso nichts ändern konnte. Anthony musste sich erst einmal etwas beruhigen, bevor sie mit ihm reden konnte.

Rae setzte sich an den Küchentisch und legte sich ein paar Gemüsebällchen auf den Teller.

„Die sind alle für dich", sagte ihr Vater, als er sich ihr gegenübersetzte. „Mir ist eher nach Schweinefleisch."

„Äh, Dad, du und Ma – habt ihr euch meinen Namen eigentlich überlegt, während Ma schwanger war?", platzte Rae heraus. „Oder habt ihr gewartet, bis ich geboren war, um zu sehen, welcher Name zu mir passt?" Es gab sicher elegantere Methoden, auf ihre Mutter zu sprechen zu kommen. Aber Rae interessierte sich nun mal besonders für die Zeit der Schwangerschaft ihrer Mutter. Und darauf brachte sie diese Frage direkt.

Raes Vater rieb sich die kleine Delle auf seinem Nasenrücken; die gleiche Delle, die Rae auch hatte. „Wir haben etwa in dem Moment angefangen, über Namen zu sprechen, als deine Mutter herausfand, dass sie schwanger war", antwortete er. „Über Mädchen- und über Jungennamen. Wir wollten uns ja überraschen lassen. Ich glaube, deine Mutter hat sämtliche Bücher über Vornamen gekauft, die jemals gedruckt worden sind. Sie hat mir jeden Abend vor dem Einschlafen daraus vorgelesen. Es hat eine ganze Weile gedauert, aber schließlich haben wir uns für ein Mädchen auf Rachel Morgan Voight geeinigt." Er lächelte sie an. „Und ich finde, das passt zu dir."

„Ich bin jedenfalls zufrieden“, sagte Rae. Sie nahm einen kleinen Bissen ihres Gemüsebällchens und hoffte, dass ihr Magen nicht revoltierte. „Hat Ma während ihrer Schwangerschaft irgendwelche seltsamen Vorlieben gehabt?“

Ihr Vater lachte. „Sie hatte eine Vorliebe für Fleisch. Ich weiß nicht, wie aus dir eine Vegetarierin werden konnte.“

„Hm“, machte Rae und gab sich Mühe, interessiert zu tun. „Und sonst noch? Womit hat sie zum Beispiel ihre Zeit verbracht? Manche Frauen stricken oder tapezieren das Kinderzimmer. Oder sie gehen in eine Gruppe für werdende Mütter. War Ma auch in so einer Gruppe?“

Raes Vater blickte auf seinen Teller und beschäftigte sich damit, etwas Schweinefleisch auf seine Gabel zu spießen. „Sie war in einer Gruppe“, sagte er schließlich.

Raes Herzschlag beschleunigte sich, während sie darauf wartete, dass er fortfuhr.

„Es war so eine Art New-Age-Gruppe. Aber darin war sie schon, bevor sie schwanger wurde. Es war also keine spezielle Gruppe für Leute, die Kinder erwarteten.“ Er runzelte die Stirn. „Und trotzdem – es war irgendwie komisch – wurden einige weibliche Mitglieder etwa zur gleichen Zeit schwanger. Sie rissen immer Witze darüber, dass wohl etwas im Kaffee gewesen sein müsse.“

„Warst du auch mal bei so einem Meeting?“, fragte Rae.

Ihr Vater schüttelte den Kopf. „Wie du dich vielleicht erinnerst, lehre ich Mediävistik. New Age ist viel zu ... modern für mich. Aber deine Mutter mochte es."

Er verheimlicht mir etwas, dachte Rae. Aber warum? Es gab einen ganz einfachen Weg, das herauszufinden. *Sorry, Dad,* dachte sie, als sie nach seiner Imbiss-Schachtel langte und über den Deckel strich.

/ **hat sie verändert** / **Fleisch riecht gut** / **schön, mit Rae zu essen** / **geheimnisvoll** / **hat sie verändert** / **hat mir nichts gesagt von** /

Rae konzentrierte sich auf die Gedanken, die sich um ihre Mutter drehten – *hat sie verändert, geheimnisvoll, hat mir nichts gesagt von.* Sie spürte seinen Zorn und gleichzeitig die zähe Mischung eines Gefühls der Schuld und des Verrats. Als wäre es verboten, dass er seiner toten Frau gegenüber schlechte Gefühle hatte, obwohl er doch tatsächlich sauer auf sie war, weil sie Geheimnisse vor ihm gehabt hatte. Die Haare auf Raes Arm standen zu Berge, und sie merkte, dass sie ein weiteres Gefühl ihres Vaters empfangen hatte – einen Schauer der Angst.

Derjenige, der den Fingerabdruck auf dem Basketball hinterlassen hatte, hatte auch Angst gehabt. Nicht nur vor der Gruppe oder vor meiner Mutter, sondern auch vor mir. Oder zumindest Angst vor der Möglichkeit, dass ich geboren worden sein könnte, während Ma in der Gruppe war.

„Und was haben sie in dieser Gruppe gemacht?", fragte Rae.

Raes Vater nahm seine schmal gefasste Brille ab, putzte sie mit dem Ärmel und setzte sie wieder auf. Eine seiner liebsten Verzögerungstaktiken. „Deine Mutter hat mir nicht viel davon erzählt. Es ist wichtig für eine Beziehung, dass jeder immer noch seinen eigenen Bereich hat." Er nahm einen großen Bissen und kaute länger als notwendig. Dann lächelte er Rae an. „Weißt du, was sie oft gemacht hat? Sie hat sich den Kopfhörer ihres Walkman auf den Bauch gelegt und dir Musik vorgespielt. Meistens Sachen aus ihrer Highschool-Zeit: *Supertramp, Styx, ELO.* Ich hatte ihr gesagt, sie solle dir auf keinen Fall *Abba* vorspielen. Aber ich weiß, dass sie es heimlich doch getan hat." Er lachte. „Dafür habe ich dir Gregorianische Choräle vorgespielt, wenn sie geschlafen hat. Und Country-Musik."

„Kein Wunder, dass ich so komisch geworden bin", sagte Rae.

Der Gesichtsausdruck ihres Vaters wurde ernst.

Hoppla, dachte Rae. *Anscheinend sind wir noch zu nah an meiner Zeit im Krankenhaus, um Witze übers Nicht-normal-Sein zu reißen.*

„Und sie hat dir immer vorgelesen. Alles mögliche. Sogar die Rückseite der Cornflakes-Schachteln", fügte er hinzu.

Rae versuchte zu lächeln. Aber es fiel ihr schwer. Weil sie wusste, dass er über eine Frau sprach, die gewalttätig gewesen war. Diesen Aspekt schien ihr Vater ohne Weiteres vergessen zu können.

Sie stützte sich mit den Händen auf den Tisch und stand auf. „Ich habe heute Abend keinen richtigen Hunger. Ich glaube, ich gucke noch ein bisschen in meine Bücher." Es war klar, dass sie von ihm nichts Weiteres mehr über die Gruppe erfahren würde. Und noch mehr Anekdoten über ihre heilige Mutter konnte sie einfach nicht ertragen.

„Wenn du später noch Hunger bekommst – ich stelle die Reste in den Kühlschrank", rief ihr Vater ihr nach.

Er klang ein bisschen besorgt. Allerdings sicher nicht so besorgt, wie Rae war. Sie musste die Wahrheit über diese Gruppe herausfinden. Sie musste herausfinden, warum der Unbekannte, der den Fingerabdruck auf dem Basketball hinterlassen hatte, so beängstigt darüber war, dass sie geboren worden sein könnte, während ihre Mutter Mitglied in einer ... was auch immer für einer Gruppe gewesen war.

„Das Haus auf der anderen Straßenseite, das mit den grünen Fensterläden – damit fangen wir an. Am Freitagabend", sagte McGee zu Anthony.

„Ganz schön groß", meinte Anthony. Es war ein Haus, das drei oder vier Familien wie der von Anthony hätte Platz bieten können – mit eigenen Zimmern für jedes Kind.

„Darum brauchen wir ja ein paar Hände mehr", sagte Aaron Kolsen vom Rücksitz.

Anthony kannte Kolsen nicht allzu gut, aber er hatte ihn, genau wie Chris Buchanan, McGees weiteren Mann, schon

öfter gesehen. Sie waren ein paar Jahre älter als Anthony. Schienen einigermaßen in Ordnung zu sein.
„Wie haben das Haus Tag und Nacht beschattet", sagte Buchanan. „Hier lebt bloß dieses eine Paar. Müssen so irgendwas über fünfzig sein."
„Es gibt noch einen Gärtner und eine Putzfrau. Aber die sind nachts nie da", fügte McGee hinzu. „Und ob ihr's glaubt oder nicht – die Dame des Hauses ist heute Nachmittag abgehauen, mit genügend Koffern, um ein Flugzeug zum Absturz zu bringen."
„Dann müssen wir uns also nur noch um den Typen kümmern", stellte Anthony fest.
Buchanan tippte Anthony auf die Schulter und hielt ihm einen Joint hin. Anthony schüttelte den Kopf. Seit McGee ihn beim Müllcontainer angesprochen hatte, war er nicht mehr high gewesen. Und jetzt konnte er so etwas auch nicht gebrauchen. Wenn er bei dieser Sache schon mitmachte, dann wollte er es geschickt anstellen. High einen Überfall zu planen – so etwas taten nur Finken.
„Genau, bloß der Typ", stimmte McGee zu. „Und der ist noch nicht zu Hause. Vor neun kommt er normalerweise nie."
„Ein Workaholic", fügte Kolsen hinzu. „Das ist vielleicht auch der Grund, warum die Dame des Hauses ausgezogen ist."
„Ich tippe eher auf Alkoholic", sagte Buchanan. „Unser

Freund wirkt manchmal nicht besonders sicher auf den Beinen."

„Sollen wir die Sache denn durchziehen, bevor er nach Hause kommt?", fragte Anthony. Gegen sieben oder acht hineinzugehen, war ziemlich dämlich. Um diese Zeit waren noch jede Menge Leute in der Nachbarschaft unterwegs. Er fühlte, wie sich auf seinem Nacken kleine Schweißperlen bildeten. *Bitte nicht über den ganzen Rücken,* dachte Anthony. Wenn McGee und die anderen mitbekamen, dass er sein Hemd durchschwitzte, hielten sie ihn womöglich für einen, der sich nicht im Griff hatte.

Und er wollte dabei sein. Das Haus musste voll gestopft sein mit Kostbarkeiten.

„Wir gehen gegen sieben hinein. Dann hatten der Gärtner und das Hausmädchen Zeit, nach Hause zu gehen, und wir haben genügend Zeit, bevor unser Freund zurückkommt", erklärte McGee. „Ich hab mir den Van von meinem Cousin geliehen. Wir ..."

„Wir haben ihn mit den Farben der Heilsarmee gestrichen", warf Kolsen ein. „Dann sieht es so aus, als würden wir ganz normal eine Spende abholen."

McGee warf ihm einen gereizten Blick zu. Es gefiel ihm anscheinend nicht, unterbrochen zu werden. Anthony nahm sich vor, sich mit McGee gut zu stellen. Zumindest, bis er den Job hinter sich hatte.

„Außerdem habe ich Uniformen der Heilsarmee besorgt",

fuhr McGee fort. „Die ziehen wir an, wenn wir reingehen. Weil es noch so früh ist und der Alarm nicht losgehen wird, wird wohl niemand Verdacht schöpfen. Die Heilsarmee holt die Spenden doch zu allen möglichen Tageszeiten bei den Leuten ab."

„Und wenn sie uns dabei beobachten, wie wir die teuren Sachen hinaustragen?", fragte Anthony. „Normalerweise nimmt die Heilsarmee keine Stereoanlagen mit." Er würde jedenfalls sicher keinen Breitwand-Fernseher in einen Bus der Heilsarmee laden. Allein bei dem Gedanken brach ihm der Schweiß noch mehr aus. Warum musste er nur so eine bescheuerte Schweiß-Maschine sein?

„Wir stellen den Van in die Garage und bepacken ihn von dort aus", antwortete McGee. Er klang wie einer der Lehrer aus Anthonys Förderunterricht. So als könnte er gar nicht glauben, was für ein Idiot Anthony war.

„Klingt okay", sagte Anthony. Er hatte keine Lust, sich mit diesem Typen anzulegen.

Als Rae an diesem Abend aus dem Bett schlüpfte, zog sie die Decke sorgfältig wieder hinauf bis zum Kissen. Sie konnte auf keinen Fall schlafen, bevor sie nicht wenigstens Antworten auf ein paar Fragen hatte, die in ihrem Kopf herumspukten.

Was war das für eine Gruppe gewesen – und was war daran so beängstigend? Das war Frage Nummer eins. Aber es gab noch andere Fragen zu ihrer Mutter, über die sie einfach immer wieder nachdenken musste. Hatte ihre Mutter die Fähigkeit besessen, Fingerabdrücke lesen zu können, so wie Rae? Wusste sie, dass sie diese Fähigkeit besaß, oder dachte sie, dass sie verrückt würde? Hatte die Krankheit, die an ihrem Körper zehrende Krankheit, etwas mit dieser Fähigkeit zu tun? Und wenn – würde Rae dann auch sterben müssen? Waren die tauben Stellen, die sie bekam, vielleicht der Anfang davon?

Sie hatte einige Zeit versucht, diese Fragen zu ignorieren, hatte versucht, sie in die tiefsten Schichten ihres Hirns zu verbannen, damit sie nicht wieder auftauchen konnten. Aber wenn Anthony es schaffte, mit der Wahrheit über seinen Vater umzugehen, dann konnte sie es auch schaffen, die Wahrheit – die ganze Wahrheit – über ihre Mutter zu ertragen. Und über sich selbst.

Es war nahe liegend, an einer ganz bestimmten Stelle zu beginnen: mit der Schachtel, in der die Sachen ihrer Mutter aufgehoben wurden. Rae schlich auf Zehenspitzen aus ihrem Zimmer, den Flur entlang und in das Zimmer ihres Vaters. Glücklicherweise war er ein ausgesprochener Tiefschläfer – und seinem Schnarchen nach zu urteilen, war er weit weg. Leise ging Rae zum Schrank und schob die Schiebetür auf. Die Pappschachtel stand an derselben Stelle wie immer. Rae nahm sie aus dem Fach ...

/ **liebe dich, Melissa** / *WARUM TUE ICH DAS* / **süß** /

... über der Kleiderstange und lief damit zurück in ihr Zimmer. Ihr Herz schien sich von ihrer Brust in den Hals verlagert zu haben. Der klopfende Klumpen machte es unmöglich, tief durchzuatmen.

Du musst keine Angst davor haben. Es ist nur alter Krempel, sagte sie sich, als sie die Schachtel auf ihr Bett stellte. Trotzdem öffnete sie sie sehr vorsichtig, nur mit den Fingernägeln, als ob etwas aus dem Inneren herausspringen und sie angreifen könnte. Ihre Augen blieben sofort an einer altmodischen Parfümflasche hängen, dem einzigen Gegenstand in der Schachtel, den sie je berührt hatte.

„Das halte ich jetzt nicht aus", flüsterte sie. Beim letzten Mal hatte sie die Woge reiner Mutterliebe, die sie von der Flasche empfangen hatte, beinahe überwältigt. Wenn ihre Mutter ein anderer Mensch gewesen wäre, wäre es womöglich die schönste Erfahrung gewesen, die es geben konnte. Rae hätte die Flasche wie einen Schatz bewahrt und die Fingerabdrücke darauf so oft berührt, wie sie nur gekonnt hätte, ohne sie zu verwischen. Aber ein überwältigender Stoß Liebe von einer Mutter, die zu solcher Gewalt und Raserei fähig war wie Raes Mutter – das war fast schon, als sei es gar keine Liebe, sondern das genaue Gegenteil; weil die Person, die diese Regung fühlte, innerlich so zerrissen war.

Neben der Flasche lag eine weiße und rosafarbene Puppe. Sie sah aus wie ein Schneemann – ein Schneebaby – mit drei flauschigen Kugeln für den Körper und einem kleinen Gesicht aus Plastik, in dessen Stirn zwei Haarsträhnen aus gelber Wolle hineinragten. Rae nahm die Puppe vorsichtig in die Hand. Aber sie empfing von ihrem Körper fast nur Knistern. Knistern und ein Gefühl tiefer Zufriedenheit und Zuneigung. Dieses hässliche kleine Püppchen war häufig von jemandem angefasst worden, der es sehr geliebt haben musste.

„Die hat sicher mal Ma gehört", murmelte Rae.

Sie schluckte heftig, dann fuhr sie mit einem Finger langsam über das Gesicht der Puppe. Es knisterte und knisterte ...

/ für Rachel / meine süße Kleine /

Bei den Gedanken an Rachel klang Stolz, Liebe und Freude mit. Sie legte die Puppe schnell beiseite. Das war nicht das, was sie gesucht hatte. Dafür war sie nicht hergekommen.

Mach weiter, sagte sie sich. Sie griff nach dem Henkel einer Tasse und zog sie hervor. Auf der Vorderseite befand sich ein Foto von ihren Eltern als Tarzan und Jane. Das Lächeln ihres Vaters trieb Rae heiße Tränen in die Augen. Wie er ihre Mutter ansah ... Sie blinzelte die Tränen weg und strich mit den Fingern darüber.

/ kann gar nicht glauben, dass ich ihn dazu gebracht habe, das zu tun / schönster Tag / ich verändere mich / sollten zurückgehen / Kaffee /

Raes Hände begannen zu zittern, und fast wäre ihr die Tasse aus der Hand gefallen. Sie kam ihr plötzlich viel zu schwer vor. Rae atmete tief ein und ließ die Gefühle weiter durch sich hindurchströmen: Liebe, Freude, Erschöpfung und eine süßlich-schweißige Mischung aus Furcht und Begeisterung. Rae bewegte ihren Finger zurück zu der Stelle, an der sie den Kitzel der Angst gespürt hatte.

/ ***ich verändere mich*** /

„Ja. Du hast dich verändert, in der gleichen Weise, wie ich mich verändere. Nicht wahr, Ma?", fragte Rae. „Du meintest damit sicher nicht die ersten grauen Haare."

Als Anthony irgendwann herausgefunden hatte, dass Rae Fingerabdrücke lesen konnte, hatten sich Begeisterung und Angst in ihr gemischt. Ihre Gefühle waren denen, die sie gerade aufgenommen hatte, sehr ähnlich gewesen.

Soll das heißen, dass ich auch sterben werde? Habe ich vielleicht schon zu sterben begonnen?

Rae warf ihren Kopf heftig hin und her, versuchte diesen Gedanken von sich zu schleudern. *Du brauchst mehr Informationen,* sagte sie sich. *Mach weiter.*

Sie schüttelte ihre Hände aus, dann kramte sie eine kleine Samttasche hervor. Die Tasche war leer, und die Gedanken darauf vollkommen alltäglich. Rae versuchte, sie einfach durch sich hindurchströmen zu lassen, ohne sie zu registrieren. Wenn sie alles, was in der Schachtel war, anfassen wollte, musste sie sich ein bisschen taub stellen. Ja, genau. Eigentlich war es leicht.

Rae legte die Tasche auf das Bett und nahm eine silberne Haarbürste. Nichts. Gott! Nichts, außer noch mehr Liebe für das Baby, das in ihr wuchs.

Rae begann sich jetzt schneller durch die Gegenstände vorzuarbeiten. Ein Kalender. Nichts. Ein gerahmtes Ultraschallbild. Nichts. Nichts, was sie gebrauchen konnte. Ein Schmuckkästchen. Außen fand sie nichts, aber drinnen klapperte etwas.

Rae öffnete das Kästchen und stieß auf eine kleine Glasampulle mit einem Gummipfropfen. Der Pfropfen stak fest auf der Ampulle und war nicht zu entfernen. Irgendwo hatte Rae so eine Ampulle schon mal gesehen. Aber wo?

Bei Leas Katze! Leas Katze Smoochie hatte Diabetes. Das Insulin wurde in solchen Ampullen geliefert, und um das Insulin aufzuziehen, steckte man die Nadel direkt durch das Gummi. Die kleine Flasche in dem Schmuckkästchen hatte kein Etikett, aber Raes Finger begannen zu zittern, als sie sie nur betrachtete. Dann fasste sie die Flasche mit zwei Fingern an.

*/ **dem Baby schaden?** /*

Das Fläschchen glitt Rae aus der Hand und fiel zu Boden. Aber es zerbrach nicht. Rae starrte es an. Sie musste es aufheben, herausbekommen, welche Gedanken sich sonst noch darauf befanden. Aber ihre Knie wollten sich nicht beugen. Dieser Gedanke – dieses *dem Baby schaden?* – war mit solcher Angst belegt gewesen, dass sie davon ganz gelähmt war.

„Beweg deinen Arsch, Rachel Morgan", befahl sie sich. Es gelang ihr, sich langsam neben die Flasche zu setzen. Ein Schauer durchzuckte sie, als sie danach griff, aber sie zog ihre Hand nicht zurück.

/ die Gruppe verlassen / dem Baby schaden? / Amanda Reese fragen, warum / ist sie gegangen, weil / ich verändere mich / dem Baby schaden? /

Rae legte die Flasche vorsichtig zurück auf den Boden, dann schlang sie die Arme um ihre Knie und senkte den Kopf, bis die Gefühle verebbt waren.

Zumindest habe ich jetzt einen Orientierungspunkt, dachte sie. *Eine richtige Person, nicht nur einen Haufen Fingerabdrücke. Jemanden, dem ich Fragen stellen kann. Wenn ich diese Amanda Reese nur finde.*

KAPITEL NEUN

Anthony zog an dem kleinen Stummel, der von seinem Joint noch übrig war. Er konnte gar nicht glauben, dass er all das Gras, das er von Nunan bekommen hatte, schon verbraucht hatte. Und er fühlte sich immer noch unbehaglich.

Er sah auf die Uhr am Armaturenbrett. In zehn Minuten begann die Gruppentherapie. Das Letzte, was er jetzt brauchen konnte! Aber er musste hingehen. Er wollte vor dem Einbruch heute Abend nichts tun, was nur den Anflug eines Verdachts erregte. Er nahm einen letzten Zug, inhalierte so viel Rauch wie möglich, dann warf er den Fetzen aus dem Fenster.

Er ließ das Fenster offen, während er die eineinhalb Blocks von seinem gemütlichen kleinen Vorstadt-Parkplatz zum Institut fuhr, bildete sich ein, dass er so den Geruch nach Gras loswerden würde. Als er in eine Lücke auf dem Instituts-Parkplatz fuhr, entdeckte er im Rückspiegel Jesse. Verdammt! Anthony hatte wirklich keine Lust, über den neuen Skateboard-Park zu reden oder wovon Jesse auch immer heute plappern würde. Er brauchte noch ein paar

Minuten Ruhe, bis er bereit war, in der Gruppe zu sitzen und sich normal zu benehmen – zumindest so normal wie die anderen in der Gruppe eben auch.

Ich tue einfach so, als würde ich ihn nicht sehen, dann wird Jesse ...

„Anthony!", rief Jesse. Er war schneller neben Anthonys Autotür, als der sie öffnen konnte.

„Hallo", murrte Anthony und stieg aus.

„Ich hab von dir und McGee gehört", sagte Jesse. Seine Stimme klang hoch und schrill. Anthony brauchte einen Moment, bis ihm klar wurde, dass Jesse auf ihn sauer war.

„Was fällt dir eigentlich ein? Hast du vielleicht Angst gehabt, dass du nicht genug abbekommen würdest, wenn ich auch dabei bin?", fragte Jesse, und seine blauen Augen blitzten vor Zorn.

Anthony sah über den Parkplatz, blinzelte gegen die Sonne. Es war niemand in der Nähe, der sie hätte hören können. Im Moment jedenfalls nicht. „Würde es dir etwas ausmachen, leiser zu sprechen?"

„Ach so, klar. Ich soll mich in Acht nehmen, damit ich euch nichts verderbe", schoss Jesse zurück. Er fuhr sich mit der Hand durch die Haare, sodass sie in die Höhe standen. „Vielleicht hättest du dir das vorher überlegen sollen, bevor du mir diese Predigt gehalten hast, darüber dass das eine Sache ist, von der wir beide die Finger lassen sollten. Wir beide!"

Jesses Worte waren wie Moskitos, die Anthony ins Gesicht stachen. „Es stimmt ja auch", antwortete Anthony. „Das ist nichts für dich. Halt dich aus so was raus, geh ..."
„Geh zur Schule", fiel Jesse ihm ins Wort. „Bla, bla, bla. Warum hast du mir nicht einfach gesagt, dass du mich nicht dabeihaben willst?"
„Dann sage ich es dir eben jetzt", entgegnete Anthony. „Und wenn ich dich irgendwo in der Nähe von McGee und den anderen sehe ..."
Jesse wartete nicht, um sich den Rest anzuhören. Er drehte sich um und lief ins Institut.
Anthony seufzte. Dann ging er ebenfalls langsam darauf zu. Er fühlte sich, als hätte er den Bauch voller Steine. Aber wenigstens würde Jesse heute Abend nicht aufkreuzen. Er würde Anthony vielleicht für den Rest seines Lebens hassen, aber er würde nicht aufkreuzen. Und das war das Wichtigste überhaupt.

„Hallo, Jesse, wie ..."
Ohne Rae eines Blickes zu würdigen, verschwand Jesse im Haupteingang des Instituts. *Oh, je! Anthony hat ihm schon von Mittwoch erzählt*, dachte Rae. *Jetzt hasst er mich.*
Vielleicht sollte sie besser gar nicht auf Anthony warten. Vielleicht war es noch zu früh für einen Versuch ...
Da war er. Er kam auf sie zu. Konnte sie einfach hineingehen und so tun, als hätte sie ihn nicht gesehen? Aber es war

viel zu offensichtlich, dass sie ihn bemerkt hatte. Rae zwang sich zu einem Lächeln und ging ein paar Schritte auf ihn zu. „Anthony, könnten wir einen Augenblick reden ..."

Sie verstummte, als sie ihn genauer ansah. Blutunterlaufene Augen. Ausdrucksloses Gesicht. Klamotten, die aussahen, als hätte er darin geschlafen. Sie kam noch einen Schritt näher. Und bekam eine Wolke des dicken, süßlichen Gras-Geruchs ab. So konnte Anthony auf keinen Fall in die Gruppe gehen. Auf keinen Fall! Mrs Abramson würde ihn auf der Stelle hinauswerfen.

Rae fasste Anthony am Arm. „Komm mit." Sie gab ihm einen Schubs, aber er bewegte sich keinen Zentimeter von der Stelle.

„Ich gehe nirgendwohin, außer weg von dir", antwortete Anthony. Seine Augen blickten durch sie hindurch, als wäre sie unsichtbar.

„Anthony, du bist völlig zu", sagte Rae. Sie sprach deutlich und bestimmt. „So kannst du nicht in die Gruppe gehen. Sonst landest du womöglich wieder in der Erziehungsanstalt. Lass mich dir helfen, dich ein bisschen sauber zu machen." Sie packte ihn wieder am Arm, und diesmal ließ er sich mitziehen. Rae lief mit ihm in den oberen Stock, zur Damentoilette. Sie sah sich kurz darin um, dann zerrte sie Anthony hinein.

„Das ist die Mädchentoilette", protestierte Anthony.

„Ja, allerdings. Du hast Recht", erwiderte Rae. Sie öffnete ihre Tasche und begann darin herumzuwühlen. Zum Glück trug sie Mush auf den Fingern. „Zuerst die Augen", sagte sie. „Wo ist es denn? Wo ist es ... Hier." Sie zog eine kleine Flasche Augentropfen hervor. „Leg deinen Kopf zurück", befahl sie Anthony.

„Warum sollte ich irgendetwas tun, was du ..."

„Denk an die Erziehungsanstalt!", zischte Rae.

Anthony schenkte ihr einen Blick, als würde er einen Wurm unter seinem Schuh betrachten, dann lehnte er seinen Kopf zurück.

Zum Glück sind wir etwa gleich groß, dachte Rae, während sie ihm eine Portion Augentropfen in jedes Auge träufelte. „Bleib einen Moment so", sagte sie. Sie wühlte wieder in ihrer Handtasche herum und kramte eine Reisezahnbürste und eine kleine Tube Zahnpasta hervor. „Du kannst deinen Kopf jetzt wieder gerade halten." Sie schob Anthony die Zahnbürste und die Zahnpasta in die Hände. Beides ließ er fallen. Rae hob die Sachen auf und drückte sie ihm nachdrücklicher in die Hände, bis sich seine Finger darum gelegt hatten. „Putz dir die Zähne", befahl sie.

„Das macht dir Spaß", beschuldigte er sie. „Du denkst, ich bin eine große Puppe, mit der du spielen kannst. Guck mal da, was für ein süßer böser Junge. Oh, ich weiß etwas! Ich werde ihn auf Vordermann bringen. Das macht viel mehr Spaß, als im ..." Er machte eine Pause, blickte irgendwo in die Luft. „Als im Vorbereitungskomitee für den Schulball zu sein. Nur ein paar Wochen, dann habe ich all seine Probleme gelöst. Und dann hole ich mir einen Hund aus dem Tierheim und bringe den auf Vordermann. Ich werde ihn kastrieren lassen und ihn ..."

„Wir haben nicht mehr viel Zeit", unterbrach ihn Rae. „Es tut mir Leid, dass ich nach deinem Vater gesucht habe. Ich hätte es nicht tun sollen. Nicht, ohne vorher mit dir zu sprechen. Und wenn du willst, werde ich mich für den Rest meines Lebens entschuldigen. Aber erst mal müssen wir dich zur Gruppe bringen. Also putz dir die Zähne."

„Oh, es tut ihr Leid. Tja, das macht natürlich alles wieder gut. Es tut ihr Leid."

Anthonys Worte versprühten Sarkasmus, der so ätzend war wie Säure. Rae versuchte ihn nicht merken zu lassen, wie sehr er sie verletzte. Alles, was er sagte, hatte sie verdient – und noch viel, viel mehr.

Schließlich begann Anthony, sich die Zähne zu putzen. Rae zog eine Parfümflasche aus ihrer Tasche und bespritzte ihn damit. „Hey!", protestierte Anthony, und spuckte Zahnpasta und Schaum.

„Es riecht nicht wirklich mädchenhaft. Es riecht eigentlich nur nach Grapefruit", sagte Rae. „Und mit Eau de Marihuana kannst du auf keinen Fall in die Gruppe gehen." Sie spritzte ihn noch ein paar Mal ordentlich ein, dann feuchtete sie eins der dicken braunen Papiertücher aus dem

Spender an und begann den großen Fleck auf der Vorderseite von Anthonys Flanellhemd zu bearbeiten.

Er beugte sich über das Becken und spuckte aus, wobei er ihren Arm nur knapp verfehlte. „Ich bin fertig."

„Deine Haare ...", begann Rae.

„Ich bin fertig", sagte Anthony. „Betrachten wir dies als deine letzte Tat für das Anthony-Fascinelli-Projekt. Ich schreibe dir eine Bestätigung für deine dämliche Bewerbung fürs College oder sonst was." Er lief Richtung Tür. Ohne weiter nachzudenken, stellte Rae sich ihm in den Weg.

„Anthony, es ist völlig verständlich, dass du frustriert bist, nach dem, was du über deinen Vater erfahren hast, aber ..."

„Verständlich. Oh, da bin ich aber froh, dass du es verständlich findest", sagte Anthony.

Rae krümmte sich, ging ihm aber nicht aus dem Weg. „Aber deswegen kannst du dich nicht ab jetzt jeden Tag zuknallen", fuhr sie fort. „Demnächst sind die Leistungstests an der Sanderson Highschool, und du musst ..."

Anthony lachte rau. „Vergiss die Tests. Ich nehme nicht daran teil", sagte er. „Ich habe dir doch gesagt: Dein hübsches Projekt ist beendet."

Rae schlang ihre Arme um sich. Sie fror plötzlich bis auf die Knochen. „Anthony, bitte, egal, was du von mir denkst – wirf diese Chance nicht einfach weg."

„Lass mich in Ruhe, Rae!" Er machte einen Schritt um sie herum und ließ sie einfach stehen.

Warum habe ich ihn am Mittwoch nicht einfach angelogen? Warum habe ich nicht weiter diese Story über das Referat erzählt, bis mir die Zunge abgefallen wäre? Ich wusste doch, wie er sich fühlen würde, wenn er die Wahrheit über seinen Vater erfuhr. Und ich bin einfach hingegangen und hab sie ihm gesagt.

Und jetzt glaubte er, dass er ein hoffnungsloser Fall sei. Er war überzeugt, dass er eines Tages wie sein Vater enden würde. Warum sollte er da noch versuchen, auf die Sanderson Highschool zu kommen?

Rae wusste, dass er so denken musste, denn sie dachte oft ganz ähnlich, nur dass es dann um ihre Mutter ging. Sie hatte solche Angst, dass es ihr genauso ergehen würde wie ihr. Und sie glaubte nicht, dass es für sie eine Möglichkeit gab, dem zu entgehen.

„Ich freue mich immer, wenn ich dich irgendwohin fahren kann", sagte Raes Vater, als sie zu ihm ins Auto stieg. „Aber was ist denn mit Yana und Anthony? Normalerweise komme ich zwischen den beiden doch kaum mehr zum Zug."

Rae verstand die Frage zwischen den Zeilen: Früher hatte sie viele Freunde. Dann hatte sie ihren Zusammenbruch und danach im Grunde gar keine Freunde mehr gehabt. Jetzt hatte sie gerade wieder neue Freunde gefunden. Gab es einen Grund dafür, dass diese neuen Freunde im Augenblick nicht da waren? Irgendwelche Gründe, die ihr Vater

kennen sollte – kennen und sich Sorgen darüber machen sollte?
„Yana hat eine wichtige Aufgabe für die Schule zu erledigen", antwortete Rae. „Und Anthony ..." Sie hatte eigentlich irgendeine Lüge ausspucken wollen. Aber Anthonys Name fühlte sich in ihrem Mund wie zerbrochenes Glas an, und ohne dass sie es verhindern konnte, wurden ihre Augen feucht. *Ich werde nicht weinen,* sagte sie sich. Ich werde nicht weinen. Sie blinzelte rasch und fuhr fort: „Anthony muss seine Mutter von der Arbeit abholen. Er darf ja immer mit ihrem Wagen fahren. Aber ein Teil der Abmachung ist, dass er sie abholen und kleine Besorgungen für sie erledigen muss. Sachen in die Reinigung bringen, Lebensmittel einkaufen, seinen kleinen Bruder aus dem Kindergarten abholen und so weiter."
Mannomann! Viel zu viele Informationen, sagte sich Rae. *Dad hat mich doch nicht nach Anthonys Lebensgeschichte gefragt.*
„Na ja, das ist ja auch fair. Wenn es ihr Auto ist", antwortete ihr Vater. Seine Stimme klang vollkommen normal. Aber er warf ihr einen besorgten Blick zu.
„Jawohl, absolut fair", antwortete Rae. Sie schenkte ihm ein Lächeln, von dem sie hoffte, dass es ausgeglichen und fröhlich aussah, und nicht wie eine komische Grimasse. „Was machen denn deine Kurse?"
Ihr Vater lachte. „Meinen Kursen geht es gut. Ein paar Studenten bleiben während meiner Vorlesung sogar wach."

Rae nickte. „Das ist wichtig." Noch eine Frage, die sie hätte stellen können, fiel ihr nicht ein, und ihr Vater schien mitzukriegen, dass sie lieber nicht reden wollte. Sie legten die restliche Strecke bis nach Hause schweigend zurück. Aber es war ein angenehmes Schweigen. Rae hatte den Eindruck, dass es ihr gelungen war, ihren Vater halbwegs zu beruhigen.

„Was möchtest du lieber?", fragte er, während er in die Einfahrt bog. „Eine Pizza oder sollen wir uns etwas von Alice aufwärmen?"

„Entscheide du", antwortete Rae und löste ihren Sicherheitsgurt. Der Gedanke an jegliche Art von Essen widerstrebte ihr im Moment, obwohl sie ahnte, dass sie etwas herunterwürgen musste, damit das Sorgen-o-Meter ihres Vaters nicht wieder in den roten Bereich schnellte.

„Gut, dann such deinen Sombrero", sagte ihr Vater, als sie zum Haus voranging. „Ich taue uns Chili con Carne auf."

Raes Magen schlug ein Flickflack. „Gute Wahl. Ich fange noch schnell mit meinen Hausaufgaben an, bevor wir essen."

Sie lief den Flur entlang, an den bauschigen weißen Wolken auf blauem Grund vorüber, in ihr Zimmer. Dort öffnete sie die unterste Schublade ihrer Kommode und holte das Telefonbuch hervor. Auf diesen Moment hatte sie gewartet, seit sie auf den Namen „Amanda Reese" gestoßen war. Jetzt hatte sie endlich Zeit dazu.

„Amanda Reese", murmelte sie, während sie durch die Seiten blätterte. „Hier haben wir sie. Es gibt nur drei Einträge. Gut."

Sie setzte sich auf ihren schwarzen Schreibtischsessel, nahm einen Stift und schrieb sich die Nummern auf. Dann blieb sie sitzen. Sie blieb einfach sitzen. *Du musst die Wahrheit wissen,* dachte sie. *Es könnte dir sogar das Leben retten.* Bevor sie es sich anders überlegen konnte, nahm sie das Telefon und wählte die Nummer der ersten Amanda Reese.

„Hallo?", meldete sich eine Frauenstimme.

Vielleicht hätte ich mir mal vorher überlegen sollen, was ich sage, dachte Rae. „Guten Tag. Mein Name ist Rae Voight. Ich bin auf der Suche nach ein paar alten Freunden meiner Mutter. Ich habe Ihren Namen in einer Schachtel mit ihren Sachen gefunden. Aber ich weiß nicht, ob Sie die richtige Amanda Reese sind. Meine Mutter hieß Melissa. Sie müssten sie vor etwa 16 Jahren gekannt haben."

Die Frau lachte. „Vor 16 Jahren war ich noch in der Grundschule", sagte sie.

„Oh!" Rae atmete tief aus. „Dann sind Sie wohl nicht die Amanda, die ich suche", sagte sie.

„Hast du gesagt, sie *hieß* Melissa?", fragte die falsche Amanda.

„Ja. Äh, sie ist gestorben, als ich noch ein Baby war", erklärte Rae.

„Oh, das tut mir Leid. Entschuldigung, dass ich gelacht

habe. Ich habe nur nicht gleich den Zusammenhang erkannt", sagte die Frau. Sie hörte sich an, als wäre sie am liebsten gleich herübergekommen und hätte für Rae Kekse gebacken oder so etwas in der Art.

„Ist schon gut. Es ist ja auch schon ziemlich lange her", brachte Rae hervor. „Aber vielen Dank für Ihre Hilfe." Sie legte schnell auf.

„Dann also Amanda Reese Nummer zwei", murmelte Rae, während sie wählte. Sie wollte die Anrufe so schnell wie möglich hinter sich bringen. Das war der einzige Weg, wie sie die Sache überhaupt durchstehen konnte.

Rae hörte, dass am anderen Ende der Leitung abgenommen wurde, aber niemand meldete sich. „Hallo? Ich möchte bitte Amanda Reese sprechen."

„Nein, ich möchte meinen Anbieter für Ferngespräche nicht wechseln", fauchte eine Frau.

Rae hörte, dass im Hintergrund ein kleiner Junge nach Saft fragte. „Deswegen rufe ich ja gar nicht an ...", begann Rae.

„Ich möchte auch kein Geld für irgendetwas ausgeben", sagte die Frau.

„Ich verkaufe auch gar nichts. Ich möchte nur ..." Rae hörte, wie das Telefon klappernd zu Boden fiel. Sie hörte ein schlurfendes Geräusch, dann kam die Frau wieder an den Apparat. „Ich habe Sie fallen gelassen. Tut mir Leid. Ich habe versucht, Saft einzugießen und dabei das Telefon festzuhalten. Also, was wollen Sie?"

Rae hielt der Frau den gleichen Vortrag, den sie der ersten Amanda schon gehalten hatte. Nur dass sie diesmal darauf achtete, nicht zu erwähnen, dass ihr Mutter tot war. Sie wollte nicht darüber reden, bis sie sicher war, die richtige Amanda gefunden zu haben.

„Melissa Voight", wiederholte Amanda Nummer zwei. „Sagt mir nichts."

„Wenn, dann hätten Sie sich in einer New-Age-Gruppe kennen gelernt", half Rae weiter.

„Dann bin ich bestimmt nicht diejenige, die Sie suchen. Ich habe fünf Kinder. Und selbst damals, als ich nur die Zwillinge hatte, hätte ich für so etwas keine Zeit gehabt", erklärte die zweite Amanda. „Tut mir Leid. Und jetzt entschuldigen Sie bitte, ich muss weitermachen." Sie legte auf.

Jetzt ist nur noch eine Amanda Reese übrig. Oder zumindest eine Amanda Reese in Atlanta. *Meine Amanda Reese kann ja mittlerweile überall sein.* Rae langte nach dem Telefon, aber es klingelte, bevor sie es in der Hand hatte.

„Hallo?", meldete sich Rae.

„Ich möchte Erika Keaton sprechen", sagte eine gedämpfte Stimme.

„Erika Keaton?", wiederholte Rae. Sie war sich nicht sicher, ob sie den Namen richtig verstanden hatte.

„Ja. Er-i-ka Kea-ton", antwortete die Stimme, von der Rae nicht sagen konnte, ob sie die einer Frau oder die eines Mannes war.

Dann hörte Rae ein schallendes Lachen, ein Lachen, das in ein Kreischen überging. „Aber wie komme ich denn darauf? Erika Keaton kann doch gar nicht da sein! Erika Keaton ist tot!"
Der Hörer wurde aufgelegt, und das Freizeichen tutete in Raes Ohr. Sie legte den Hörer nicht auf. Sie war viel zu bestürzt. *Ein Scherz-Anruf. Ein dämlicher Scherz-Anruf*, sagte sie sich. Aber war es nicht ziemlich merkwürdig, dass dieser Anruf genau zu dem Zeitpunkt kam, wo sie etwas über ihre tote Mutter herausfinden wollte?
„Mal sehen, wer das war", sagte Rae. Sie drückte die Rückruftaste, aber auf dem Display erschien keine Nummer. Der Anrufer musste vom Handy telefoniert haben. *Oder vielleicht aus einer Telefonzelle*, dachte Rae. Außerdem konnte die Verbindung auch aus dem Ausland stammen.
Mach deine Sache einfach weiter, sagte sich Rae. Sie wählte die Nummer der dritten Amanda Reese. Ein Mädchen, das nicht viel älter klang als Rae, nahm ab.
„Äh, ich glaube, ich habe die falsche Nummer. Ich bin auf der Suche nach einer Freundin meiner Mutter. Sie heißt Amanda Reese. Sie waren vor 16 Jahren mal zusammen in einer Gruppe. Aber ich glaube, du kannst das nicht sein", sagte Rae.
„Ich heiße zwar Amanda, aber ich bin selbst erst 16, darum ..."
„Ach so, ja. Gut. Danke, also", antwortete Rae.

„Warte", sagte Amanda. „Es könnte auch meine Mutter sein. Ich bin nach ihr benannt worden."

„Ist sie zu Hause? Kann ich sie sprechen?" Eine Frau mit einer Tochter in Raes Alter – es war gut möglich, dass sie die richtige Amanda war.

„Ich ... meine Mutter." Amanda räusperte sich, aber ihre Stimme klang belegt. „Meine Mutter ist letztes Jahr gestorben."

„Oh, Gott! Das tut mir furchtbar Leid", sagte Rae.

Da war noch etwas, was sie fragen wollte. Fragen musste. Aber wie sollte sie es anstellen?

Rae hörte ein leises Weinen. „Ich hasse es, wenn mir das immer noch passiert", sagte das Mädchen. „Es ist jetzt ein Jahr her. Ich müsste doch wenigstens zwei Sekunden über sie sprechen können, ohne ..."

„Es ist völlig in Ordnung. Ich kann dich gut verstehen."

Rae zögerte noch einen Augenblick. „Ich ... ich denke gerade", sagte sie vorsichtig. „Könntest du mir sagen, wie deine Mutter gestorben ist?"

Einen Moment lang herrschte Stille, und Rae fragte sich, ob Amanda überhaupt noch da war.

„Sie ist ermordet worden", brachte Amanda schließlich heraus.

Dann legte sie auf.

KAPITEL ZEHN

Anthony?"

Anthony wandte den Kopf. Seine kleine Schwester Anna stand in der Tür. Sobald er sie gesehen hatte, kam sie herein und machte es sich auf seinem Bett bequem. „Können wir Pizza bestellen?", fragte sie.

„Ich hab nicht gesagt, dass du reinkommen kannst", murrte Anthony.

„Ich hab ja auch nicht geklopft", antwortete Anna und schenkte ihm ihr lieblichstes „Bin-ich-nicht-süß-Lächeln".

„Hau ab." Anthony rollte sich auf die Seite, damit er sie nicht ansehen musste. In weniger als drei Stunden würde er ein Haus ausrauben. Bis dahin musste er die Sache verinnerlicht haben. Er musste ruhig und konzentriert sein. Er konnte sich jetzt nicht um die Kleinen kümmern.

„Aber wir haben nichts zu essen", jammerte Anna. „Weil nie jemand einkaufen geht."

„Na gut. Ruf den *Domino-Pizza-Service* an. Auf meiner Kommode liegt Geld", antwortete er, ohne sich ihr wieder zuzuwenden.

„Was für Pizza soll ich denn bestellen?", fragte Anna.

„Ist mir egal", antwortete Anthony, und seine Stimme klang rauer, als sie sollte. Er zog sich ein Stück Decke über die Schulter. Um sich richtig zuzudecken, hätte er aufstehen und darunter schlüpfen müssen. Aber er hatte keine Lust, sich so viel zu bewegen. Er wollte einfach nur daliegen und vielleicht sogar für ein Weilchen schlafen. Ja. Dann würden auch seine Nerven aufhören zu zucken. Im Moment hatte er das Gefühl, jeden einzelnen Nerv in seinem Körper spüren zu können. Er drückte seinen Kopf tiefer ins Kopfkissen und schloss die Augen.

Mit einem Schlag flog die Tür seines Zimmers wieder auf.

„Anthony, das Telefon funktioniert nicht", verkündete Anna.

„Ich schlafe", murmelte Anthony, ohne sich zu rühren.

„Er schläft aber gar nicht", sagte eine weitere Stimme. Carl. Und an seinem begeisterten Ton konnte man erkennen, dass der dreijährige Knirps dachte, Anthony hätte gerade ein neues Spiel erfunden. Anthony hörte ein trappelndes Geräusch, dann landete Carl auf ihm.

„Carl! Verdammt noch mal!" Anthony setzte sich so schnell auf, dass der überraschte Carl auf den Boden fiel. Er begann zu weinen, mit hohen, erstickten Schluchzern, die wie Eispickel in Anthonys Ohren stachen. Er sah seinen kleinen Bruder an, versuchte, seine Geräusche zu ignorieren. Kein Blut. Keine Beulen, die an seinem Kopf entstanden. Keine schief hängenden Gliedmaßen. „Nichts pas-

siert", sagte er. Carls Jammern wurde lauter. „Dir ist nichts passiert", wiederholte Anthony. Er schrie, damit Carl ihn überhaupt hörte.
„Du hast ihm wehgetan", beschuldigte Anna ihn mit in die Seiten gestützten Händen.
„Hab ich nicht", murrte Anthony zurück. „Er hätte nicht auf mich draufspringen dürfen." Er sah hinunter zu Carl. „Du hättest nicht auf mich draufspringen dürfen."
Carl heulte lauter.
„Wenn du etwas zu heulen haben willst, dann gebe ich dir etwas zu heulen", warnte Anthony ihn.
Die Worte klangen in seinem Kopf nach. Das war etwas ... das war wohl etwas, was sein Vater auch gesagt haben könnte.
Ich bin wie er, dachte Anthony. *Ich bin tatsächlich genau wie er.* Er sprang vom Bett. „Ich gehe."
Anna sah zu ihm auf, während er an ihr vorbeiging. Sie sah aus, als würde sie auch gleich losheulen. Aber das war nicht sein Problem. Er lief hinüber zur Couch und schnappte sich seine Jacke.
Danny blickte vom Fernseher auf. „Ich dachte, wir bestellen Pizza", sagte er, ohne sich um das Geheul von Anna und Carl zu kümmern.
Wahrscheinlich war überhaupt nichts mehr zu Essen im Haus. Und keiner wusste, wann seine Mutter und Tom nach Hause kommen würden. Anthony suchte den Raum

nach dem schnurlosen Telefon ab, entdeckte es unter einem Sessel und zog es hervor. Er brauchte zwei Sekunden, bis ihm klar wurde, worin das Problem bestand: Die Leitung war tot. Weil jemand mal wieder vergessen hatte, die Rechnung zu bezahlen. Tom und seine Mutter konnten sich nie einigen, wer dieser Jemand war, der das eigentlich tun sollte. Darum tat es meistens gar keiner. „Die Leitung ist tot", sagte er zu Danny.

„Dann auf zu *McDonald's*!", rief Danny.

„Nein. Ich gehe jetzt. Und zwar allein", fügte Anthony hinzu, bevor Danny zu betteln begann, dass er mitkommen wollte.

„Und was sollen wir dann essen?", beschwerte sich Danny.

„Das ist nicht mein Problem", antwortete Anthony und achtete nicht auf die Gewissensbisse, die in ihm aufflackerten. Er machte einen Schritt Richtung Haustür. Da kam Zack aus der Toilette.

„Ich habe schon eine ganze Flasche Abflussfrei ins Klo gegossen. Und es ist immer noch verstopft", sagte er.

„Ich hab dir doch gesagt, dass du den Gummisauger nehmen sollst", fauchte Anthony.

„Das ist aber ekelhaft", antwortete Zack.

„Ja, aber entweder das, oder du musst draußen pinkeln", sagte Anthony.

Zack begann zu diskutieren, und Danny mischte sich auch noch ein. Anna und Carl heulten noch immer.

„Das ist nicht mein Problem", meinte Anthony, als er Richtung Tür stapfte. „Verdammt noch mal nicht mein Problem", wiederholte er, als er die Tür hinter sich zuwarf.
Mann! Hatte sein Vater sich vielleicht auch so gefühlt, als er gegangen war? Als ob er, wenn er noch eine Sekunde länger geblieben wäre, entweder erstickt wäre oder den Nächstbesten, der ihm in die Quere gekommen wäre, umgebracht hätte?
Anthony ging über die kleine Rasenfläche, dann zögerte er. Noch konnte er zurück. Er wusste, wie er mit den Kindern umgehen musste. Er konnte sie beruhigen, das Problem mit dem Essen und das mit der Toilette lösen. Und er hätte immer noch genug Zeit für sich gehabt, bevor er zu McGee musste.
Aber, vergiss es! Sie hatten ja schließlich Eltern! Es war einfach nicht sein Job! Er sollte sich jetzt einzig und allein auf die Aktion heute Abend konzentrieren.

Zumindest ist es nicht dasselbe Krankenhaus, in dem ich war, dachte Rae, als sie in den Bus stieg. Das wäre der absolute Albtraum gewesen. Sie konnte es sich genau vorstellen: *Hallo, ich bin dieses durchgeknallte Mädchen, das letzten Sommer hier war, und ich habe überlegt, ob es vielleicht einen Arzt oder eine Schwester gibt, die sich an meine durchgeknallte Mutter erinnert, die vor etwa 16 Jahren hier war.*
Rae fand zwei leere Plätze und setzte sich auf einen davon.

Sie hatte keine Lust auf einen Plausch. *Eigentlich unglaublich, dass ich das hier wirklich tue,* dachte sie. Fast die ganze Zeit ihres Lebens hatte sie es vermieden, irgendetwas über ihre Mutter in Erfahrung zu bringen, hatte sogar versucht, so wenig wie möglich an sie zu denken. Aber jetzt konnten die Informationen über ihre Mutter vielleicht über Leben und Tod entscheiden. Und da sie keine weiteren Hinweise auf diese merkwürdige Gruppe hatte, war das Krankenhaus die einzige Möglichkeit, die ihr einfiel, um mehr herauszufinden.

Der Bus bewegte sich langsam Richtung Krankenhaus. Rae kam es vor, als hielte er alle zwei Sekunden an. Ihr Blut schien kälter und kälter zu werden und ihren Körper zu kühlen, anstatt ihn zu wärmen. Sie zog den Reißverschluss ihrer Jacke bis zum Kinn hinauf, obwohl die Heizung im Bus heiße, stickige Luft verbreitete.

Der Bus stoppte wieder, und ein dicklicher Typ um die 20 mit struppigen braunen Haaren stieg ein. Es gab jede Menge freie Plätze, aber seine Augen blieben sofort an Rae hängen. Sie sendete eine mentale Botschaft aus: *Lass mich in Ruhe!* Aber entweder empfing er sie nicht, oder er ignorierte sie. Jedenfalls ließ er sich neben Rae auf den Sitz sinken.

„Willst du einen Keks?", fragte er. Er zog eine Packung Kekse aus seinem Rucksack. „Mit Schokolade. Die einzigen, die es sich wirklich zu kaufen lohnt, meiner Meinung nach.“ Er klopfte mit dem Absatz auf den Boden, während er die Packung öffnete, die Folienverpackung herauszog, sie aufriss und einen Keks herausgleiten ließ. Den schwenkte er vor Raes Gesicht.

„Nein, danke“, sagte sie und achtete darauf, dass auch nicht die geringste Spur Freundlichkeit in ihrer Stimme lag.

„Du fährst zum *Fair Haven,* stimmt's?“, fragte der Keks-Esser.

„Wie bitte?“, rief Rae aus, und ihre Augenbrauen schossen in die Höhe.

„Du hast genau den Blick. Diesen angespannten Blick. Ich fahre auch dahin. Ich heiße Paul.“ Er winkte ihr mit schokoladenverschmierten Fingern zu. „Mein Bruder ist da drin. Mein Zwillingsbruder. Eineiig. Nicht zweieiig. Darum frage ich mich immer, wenn ich ihn sehe, wann es mit mir auch soweit ist.“ Paul nahm eine Hand voll Kekse und schaffte es, sie beinahe vollständig in seinem Mund verschwinden zu lassen.

„Das muss ziemlich beängstigend sein“, sagte Rae. Sie hatte eigentlich keine Lust zu reden, aber Himmel noch mal, wenn sie dieser Typ gewesen wäre, wäre sie schon völlig durchgedreht.

Du bist dieser Typ, sagte eine Stimme in ihrem Kopf. *Du hast vor genau der gleichen Sache Angst.*

Rae schüttelte kaum merklich den Kopf. Paul hielt sich die Hand vor den Mund. „Tut mir Leid. Das sieht wahrscheinlich ziemlich unappetitlich aus. Nur, wenn ich ... wenn ich nervös bin, dann muss ich einfach etwas essen." Er schluckte und wischte sich den Mund mit dem Handrücken ab. Dann schob er sich die nächste Portion in den Mund.

„Hilft es denn?", fragte Rae.

Paul lachte. „Eigentlich nicht. Und nachdem ich das weiß, könnte ich es ja auch lassen, aber ..." Er zuckte die Schultern. „Wen besuchst du denn?"

„Meine Mutter", log Rae. Das war die leichteste Antwort. „Hör zu, ich möchte ja nicht unhöflich sein, aber können wir einfach schweigen? Ich ..."

„Schon gut. Kein Problem. Tu einfach so, als wäre ich gar nicht da", antwortete Paul. Er machte sich über die nächsten Kekse her. Er aß die ganze Zeit, bis der Bus vor dem Krankenhaus stehen blieb. „Also dann – alles Gute", sagte er zu Rae.

„Dir auch", antwortete sie. Unwillkürlich streckte sie den Arm aus und fasste Paul am Ärmel. „Du scheinst ... du scheinst ziemlich normal zu sein. Ich meine, Schokokekse mag ja eigentlich jeder."

„Du scheinst auch okay zu sein", antwortete Paul. Er grüßte sie noch mal, dann stieg er aus dem Bus.

Rae wartete, bis alle anderen ausgestiegen waren. Der Fahrer warf ihr einen fragenden Blick zu. *Ich muss es einfach tun,* dachte Rae. *Ich muss es herausfinden.* Sie warf sich die Tasche über die Schulter, ging entschlossen den schmalen

Gang entlang und die Stufen hinab. Mit einem Summen schloss sich die Tür hinter ihr. Ohne einen Augenblick zu zögern, lief Rae auf den Haupteingang zu, trat ein und ging zum Empfangstresen.

„Guten Tag", sagte sie, und ihre Stimme klang zitternd. „Guten Tag", wiederholte sie deswegen.

„Guten Tag", sagte die Schwester hinter der Theke und lächelte sie aufmunternd an.

„Ich habe meine kleine Ansprache extra geübt", gab Rae zu.

Das Lächeln der Schwester wurde breiter. „Wenn du extra geprobt hast, dann lass doch mal hören."

Rae nickte. „Ja, also. Mein Name ist Rae Voight. Meine Mutter, Melissa Voight, war hier Patientin, vor etwa 16 Jahren. Ich möchte gerne etwas über sie wissen, über ihren Zustand. Und ich wollte fragen, ob hier noch jemand arbeitet, der sich an sie erinnern kann, ein Arzt oder eine Schwester." Sie atmete tief ein. Sie hatte das Gefühl, kein einziges Mal Luft geholt zu haben, während sie gesprochen hatte.

„Sehr gut. Aber so schwer war es doch gar nicht, oder?", fragte die Schwester. Sie begann, auf der Tastatur des Computers zu tippen. „Allerdings wäre es sicher hilfreich gewesen, wenn du vorher angerufen hättest."

„Ich weiß. Ich konnte nur ... ich konnte einfach nicht mehr warten", antwortete Rae, während sie das Klicken der

Computertasten hörte und betete, dass der Name von jemandem erscheinen würde, mit dem sie sprechen konnte.

„Heute ist dein Glückstag", sagte die Schwester. „Wir haben erst kürzlich das Computersystem aktualisiert. Darum sind jetzt auch alle alten Akten im zentralen Rechner, auf den wir von den meisten Computern aus zugreifen können. Und von dem hier auch. Wenn also ... aha, da ist ja etwas." Sie hörte auf zu tippen und sah vom Bildschirm auf. „Dr. Tugend war der Arzt deiner Mutter. Er ist heute hier und eine Seele von Mensch. Ich bin sicher, dass er sich Zeit nehmen wird, um mit dir zu sprechen. Du kannst dich drüben hinsetzen." Sie zeigte auf eine Reihe Plastikstühle. „Es könnte eine Weile dauern."

„Danke. Vielen Dank." Rae ging zu den Stühlen und setzte sich gegenüber der Krankenschwester hin. Sie hoffte, dass die Schwester sie auf diese Weise nicht vergessen würde und den Arzt noch mal anpiepte, falls er sich nicht blicken ließ.

Aber der Arzt schien an diesem Tag nicht sehr beschäftigt zu sein. Denn schon ein paar Augenblicke später erschien er am Empfang. Zumindest ging Rae davon aus, dass er es war, denn sowohl er als auch die Schwester sahen immer wieder zu ihr hinüber. Rae setzte sich ein wenig aufrechter hin und versuchte so auszusehen wie jemand, mit dem man leicht klarkam.

Der Arzt wandte sich um und kam auf sie zu. „Rae Voight? Ich bin Dr. Tugend. Wir können in mein Büro gehen."

„Oh, das ist toll. Danke", sagte Rae und fiel fast über den Stuhl, als sie aufstand.

„Warst du schon einmal hier im *Fair Haven*?", fragte Dr. Tugend, während er mit ihr auf eine doppelte Glastür zuging.

„Nein. Oder: vielleicht doch. Ich war noch ein Baby, als meine Mutter hier behandelt wurde. Kann sein, dass mein Vater mich manchmal mitgenommen hat", antwortete Rae.

Ein kurzes Summen erklang, und der Arzt öffnete die Türen. *Genau wie im Gefängnis,* dachte Rae wütend.

„Gibt es einen besonderen Grund, warum du mehr über sie herausfinden möchtest?", fragte er, nachdem sie die Tür durchschritten hatten. *Er hat die gleichen Augen wie Anthony,* bemerkte Rae. Wie geschmolzene Schoko-Pralinen.

„Ich ... ich wollte eigentlich mit niemandem darüber sprechen. Letzten Sommer war ich eine Weile im Krankenhaus. Ich hatte paranoide Wahnvorstellungen, wie mein Arzt es genannt hat. Ich habe überlegt, ob es das Gleiche ist, was meine Mutter gehabt hat, und ..." Den Rest brachte Rae nicht mehr über ihre Lippen.

„Du fragst dich, ob es Ähnlichkeiten gibt zwischen dem, was mit dir passiert ist, und ihrem Fall", sagte Dr. Tugend.

„Ja", gab Rae zu, und ein kleiner Schauer durchlief sie. Ihr war immer noch kalt.
„Kann ich verstehen. Hier sind wir." Er holte einen Schlüssel hervor und schloss eine der Türen auf, die sich zu beiden Seiten des Flurs befanden. „Mein Büro. Bitte nimm Platz."
Rae sah von dem dick gepolsterten Sofa zu den beiden Sesseln und entschied sich für einen von ihnen. Zu ihrer Überraschung setzte sich Dr. Tugend auf das Sofa anstatt hinter seinen Schreibtisch. „Es ist zwar schon viele Jahre her, aber ich kann mich an deine Mutter ziemlich gut erinnern", sagte er. Er blickte Rae einen Moment an. „Die Ähnlichkeit zwischen dir und ihr ist wirklich verblüffend."
Rae versuchte, sich nicht zusammenzukrümmen. „Bitte erzählen Sie mir alles", forderte sie ihn auf.
„Alles. Hm." Dr. Tugend schlug die Beine übereinander, wobei ein paar schwarze Socken sichtbar wurden. „Also. Ich kann mich erinnern, wie sehr sich deine Mutter immer auf die Besuche deines Vaters gefreut hat. Er ..."
„Bitte, ich weiß ja, dass ich ‚alles' gesagt habe. Aber solche Dinge will ich eigentlich nicht wissen", unterbrach Rae. Sie hatte das Gefühl, dass er das, was er ihr tatsächlich zu sagen hatte, ein bisschen versüßen wollte. „Ich ... mein Vater sagte, dass sie Wahnvorstellungen hatte. Dass sie dachte, sie habe übernatürliche Kräfte, oder so etwas in der Art."
Ihr Vater hatte nie von so etwas gesprochen. Aber sie

musste das Gespräch irgendwie in diese Richtung lenken. „Stimmt das?"

Dr. Tugend zog die Augenbrauen zusammen, bis sie sich berührten und einen dunklen Balken bildeten. „Ja, das stimmt", sagte er schließlich. „Ich nehme an, dein Vater hat dir erzählt, dass deine Mutter sich einer Untersuchung unterziehen musste, um herauszufinden, ob sie schuldfähig war oder nicht. Sie war überzeugt, dass sie die Fähigkeit besaß, Gedanken in Köpfe anderer Menschen zu pflanzen – das war einer der Hauptgegenstände dieser Untersuchung", sagte Dr. Tugend.

Gedanken einpflanzen? Ihre Mutter hatte gesagt, sie könne Gedanken in *fremde Köpfe* pflanzen? Rae hatte Mühe, ihren Gesichtsausdruck unter Kontrolle zu halten. „Und? Stimmte das?", fragte sie.

Dr. Tugends Augen weiteten sich.

„Ich meine nicht, ob sie wirklich anderen Leuten ihre Gedanken aufzwingen konnte", fügte Rae hinzu. „Aber glaubte sie wirklich daran? Oder tat sie nur so, damit sie nicht ins Gefängnis musste?"

„Meiner Meinung nach war sie zutiefst davon überzeugt", antwortete Dr. Tugend.

Weil es wahr *war*. Schon oft hatte Rae darüber nachgedacht, ob der „Wahnsinn" ihrer Mutter in Wirklichkeit nicht eine übernatürliche Begabung gewesen war. Ihre arme Mutter – sie musste fürchterliche Angst gehabt haben.

Denk daran, was die arme Mutter gemacht hat, ermahnte sich Rae.

Gedanken einpflanzen. Das war nicht viel anders, als Gedanken lesen zu können. Irgendwie hing es doch zusammen, oder?

In wie vielen Dingen bin ich noch wie sie? Könnte ich das, was sie getan hat, auch tun? Wäre ich dazu in der Lage? Werde ich am Ende auch an einem Ort wie diesem landen? An einem Ort wie diesem sterben?

„Ich weiß, dass es nicht leicht zu verkraften ist", sagte Dr. Tugend sanft. „Lass mich ihre Akte holen, dann kann ich dir Genaueres sagen. Ich bin nämlich ein Akten-Hamster. Die meisten Ärzte senden Akten, die so alt sind wie die deiner Mutter, ins Archiv. Aber ich behalte sie lieber hier. Man weiß nie, wann ein alter Fall einem weiterhelfen kann." Er stand auf, durchquerte den Raum und ging auf eine lange Reihe hoher Aktenschränke zu. Augenblicke später zog er eine dicke Akte hervor. Damit kehrte er zum Sofa zurück. „Ich bin nicht nur ein Akten-Hamster, sondern auch ein sehr gut organisierter Akten-Hamster."

Rae schaffte es zu lächeln. *Sogar meine Zähne fühlen sich kalt an,* dachte sie. *Bekomme ich etwa einen Schock?*

„Hast du noch eine bestimmte Frage? Oder soll ich nur unsere Ergebnisse zusammenfassen?", fragte Dr. Tugend.

„Diese Gewalttätigkeit", platzte Rae heraus. „Wie gewalttätig war sie? War sie gemeingefährlich?"

Rae kannte die Antwort, aber sie musste die Frage trotzdem stellen.
Dr. Tugend antwortete zunächst nicht. Sein linkes Auge zuckte leicht. „Rae, ich will dir erst einmal sagen, dass du keinen Grund hast anzunehmen, dass das, was mit deiner Mutter geschehen ist, dir ebenfalls widerfahren wird", sagte er. „Ich kenne die Einzelheiten deines Falles nicht, aber ich bin sicher, dass dein Arzt Kenntnis von deiner Familiengeschichte hat und mit deinem Vater gesprochen hätte, wenn ..."
„Ich weiß, ich weiß", sagte Rae. „Aber können Sie es mir bitte trotzdem sagen?"
Dr. Tugend sah sie lange an. „Deine Mutter wurde in einer Anstalt mit höchsten Sicherheitsvorkehrungen untergebracht. Weil wir glaubten, dass sie für sich selbst und für andere eine Gefahr darstellen könnte." Er blätterte einige Seiten der Akte durch. „So lange sie bei uns war, hat es keine gewalttätigen Zwischenfälle gegeben. Aber wir mussten uns der Tatsache bewusst sein, dass sie jederzeit möglich waren."
Rae biss sich in das Innere ihrer Wange. Die kleine schmerzende Stelle half ihr, sich im Griff zu behalten. „Das waren zwei meiner wichtigsten Fragen", sagte sie. „Die dritte dreht sich darum, wie sie gestorben ist. Mein Vater sagt, ihr Körper begann einfach ... einfach zu verfallen."
Dr. Tugend fuhr sich mit den Fingerspitzen über das Ge-

sicht. „Selbst heute, bei all den Fortschritten, die die Medizin in den letzten 15 Jahren gemacht hat, kann ich es nicht erklären. Die Symptome glichen denen einiger Viruserkrankungen, die wir kannten. Aber wir konnten keinen Hinweis auf einen Virus entdecken. Die Krankheit schritt so schnell fort, dass uns so gut wie keine Zeit blieb, die Ursache festzustellen. Und selbst später ..." Er schüttelte den Kopf. „Es tut mir Leid, dass ich dir nicht mehr sagen kann."

„Nein, sie haben mir schon sehr geholfen. Wirklich", antwortete Rae. Sollte sie versuchen, seine Hand zu schütteln? Prüfen, ob er etwas verheimlichte? So sah er eigentlich nicht aus. Außerdem ahnte sie langsam, dass ihre tauben Stellen etwas mit dem Fingerspitzen-Kontakt zu tun hatten. Zumindest tauchten sie immer zur gleichen Zeit auf.

„Kann ich sonst noch etwas für dich tun?", fragte Dr. Tugend.

„Können Sie mir noch etwas über die Wahnvorstellungen erzählen? Oder hat sie irgendwann mal etwas von einer Gruppe erzählt, in der sie Mitglied war? Ich ..."

In diesem Moment piepte Dr. Tugends Funkgerät. Er betrachtete es. „Ich muss weg, aber es wird wohl nicht lange dauern. Willst du auf mich warten?"

„Ich möchte Ihre Zeit nicht allzu lange in Anspruch nehmen, aber da sind noch ..."

„Mach dir mal keine Gedanken. Wenn ich aus irgendeinem Grund nicht so schnell zurückkommen kann, wie ich im Moment glaube, werde ich es dir sagen lassen." Mit einem Seufzen erhob er sich aus den tiefen Polstern des Sofas und verließ sein Büro.

Sobald er weg war, wanderten Raes Augen zur Akte ihrer Mutter, die Dr. Tugend auf seinem Schreibtisch liegen gelassen hatte. Rae wartete nicht erst auf eine Einladung. Sie sprang aus ihrem Sessel und schnappte sich die Akte.

/ **armes Mädchen** / **diese Frau war** / **einen Kaffee holen** /

Sie schlug die Akte auf und begann sie durchzublättern. Viele Anweisungen für die Medikation. Beobachtungen, die besagten, dass ihre Mutter im Grunde bloß dasaß und ins Leere starrte, außer wenn sie Besuch hatte. Rae blätterte um.

/ *abstoßend* /

Rae fühlte, wie sich ihre Lippen zusammenpressten, als wäre sie diejenige, die sich abgestoßen fühlte. *Das muss eine der Schwestern oder ein Arzt gewesen sein,* die sie beobachtet haben, dachte sie. Es war nicht Dr. Tugend. Den Beigeschmack seiner Gedanken hatte sie vom Aktendeckel aufgenommen, und dieser hier war anders. Rae blätterte wieder um und strich mit den Fingern über jede Zeile, als wenn sie Blindenschrift läse.

/ *was sie getan hat* / **kann sie nicht anfassen** / gehört ins Gefängnis /

Raes Zähne begannen zu klappern, als sie die Angst und

den Zorn spürte, der sich gegen ihre Mutter gerichtet hatte. Gegen ihre Mutter!

Das ist doch nichts Neues, sagte sie sich. *Du hast immer gewusst, was deine Mutter getan hat. Du hast nie diese Trugbilder über sie gehabt, wie Dad.*

Aber Rae zitterte immer mehr. Mit den Fingernägeln blätterte sie um auf die nächste Seite. Sie wollte so viele Informationen wie möglich, aber sie wollte nicht all diesen Gedanken ausgesetzt sein. Noch mehr Medikations-Listen. Notizen zum Blutdruck. Zur Urin-Ausscheidung. Über Flüssigkeitszufuhr.

Nächste Seite. Wieder das Gleiche. Abgesehen von den Beschreibungen von Wundstellen – viel zu extrem, um vom Liegen stammen zu können, stand in einer Bemerkung. Rae las weiter. Es klang, als sei der Körper ihrer Mutter von innen her verfallen.

Nächste Seite. Rae ließ ihre Augen so schnell wie möglich über die Eintragungen gleiten. *Hier drinnen steht nichts, was dir weiterhelfen könnte,* dachte sie. *Der Arzt sagt, sie haben nie herausgefunden, was mit ihr geschah. Das heißt, du wirst auch auf keine Wunderkur stoßen.*

Aber sie musste trotzdem weiterblättern, hier und da einzelne Fetzen lesen. Beschreibungen von offenen Stellen im Mund und in der Nase. Nächste Seite. Keine Berichte. Nichts über Medikationen oder Diäten oder Ansprechbarkeit. Diese Seite war ein Ausschnitt aus einer Zeitung.

Rae las die Schlagzeile, und die Luft entwich aus ihren Lungen, als ob sie jemand flach zusammengedrückt hätte. Sie setzte sich langsam auf den Boden und begann zu lesen. Jedes einzelne Wort.

Mit jedem Satz wurde ihr kälter. Ihr Herz und ihr Magen fühlten sich wie Eisklumpen an. Schwer und leblos. Und kalt. Furchtbar kalt.

Du wusstest doch, dass das geschehen ist. Du wusstest, was sie getan hat. Dad hat es dir erzählt. Das ist überhaupt nichts Neues.

War es aber doch. Denn da waren Bilder. Und Einzelheiten, von denen ihr Vater niemals gewollt hätte, dass sie sie erfuhr.

„Gut. Dann also los", sagte McGee, als er den Van rückwärts in die Einfahrt des großen Hauses setzte, das sie überwacht hatten. „Ich werde den Code benutzen, um hineinzukommen, dann öffne ich von innen die Garage."

Anthony grunzte zustimmend. Kolsen und Buchanan nickten. *Sind diese beiden Typen eigentlich halb so nervös wie ich?*, überlegte Anthony. Es kam ihm nicht so vor. Auch McGee nicht. Der Typ benahm sich wie ein Android. Anthony fuhr sich mit den Händen über das Hemd, um die Unmengen von Schweiß abzuwischen, und sah aus dem Fenster, während McGee auf die Haustür zulief. Er hatte über das Internet einen Universalschlüssel gekauft, mit dem man jede Tür öffnen konnte. Der Schlüssel war eigentlich für Leute gedacht, die sich ausgesperrt hatten. Wozu auch sonst?

Was immer McGee dafür bezahlt hatte – der Schlüssel war sein Geld jedenfalls wert. In weniger als zehn Sekunden war er im Haus. Anthony blieb der Atem im Hals stecken. Wenn McGee den falschen Code hatte, wenn er jetzt die falschen Ziffern eintippte ...

McGees Hand erschien aus dem Inneren des Hauses und winkte ihnen kurz zu. Jetzt konnte Anthony wieder aufatmen. *Wir gehen einfach nur rein und raus,* sagte er sich. *Stell dir vor, du jobbst bei einer Umzugsfirma. Wir beladen den Wagen und sind weg, bevor jemand nach Hause kommt.*

Mit einer langsamen Bewegung öffnete sich die Garage. Kolsen setzte den Van rückwärts hinein und stellte ihn neben einen knallroten 68er Mustang Convertible. „Typisches Auto für die Midlife-Crisis", witzelte Buchanan.

Anthony konnte kein Lachen hervorpressen. Er stieg aus dem Van und fühlte sich erst ein wenig wohler, als sich das Garagentor langsam wieder senkte.

„Also, wie wir es besprochen haben: Anthony kümmert sich um die großen Sachen. Er hat die entsprechenden Muskeln." McGee blickte zu Anthony. „Den ganzen teuren Elektronik-Kram. Und vergiss nicht die Küche. Die haben bestimmt eine Espresso-Maschine."

„Verstanden", erwiderte Anthony. Er hatte das Gefühl, dass

er am besten so wenig wie möglich sprechen sollte. Er glaubte nicht, dass seine Stimme gerade cool klang. Am Ende piepste er noch wie Micky Maus.

„Kolsen, du kümmerst dich um die kleinen Dinge", fuhr McGee fort. „All das Zeug, von dem sie glauben, es besonders schlau versteckt zu haben. Sieh in den Tampon-Schachteln nach und im Kühlschrank. Und in den Getränketüten in der Küche. Einfach überall, wo man Bargeld oder Schmuck verstecken kann."

Wie oft hat er so etwas schon gemacht?, überlegte Anthony.

„Buchanan, du hast doch angegeben, dass du ein Meister des Safe-Knackens bist. Jetzt hast du die Chance, deine Kunst zu beweisen", sagte McGee.

„Und was machst du?", fragte Kolsen.

„Aufpassen und die Fäden in der Hand halten", entgegnete McGee und baute sich vor Kolsen auf. „Hast du damit vielleicht ein Problem, Kolsen?"

„Nein, nein, Boss. Alles klar", sagte Kolsen schnell.

„Okay. Dann also los." McGee führte sie durch die Garage ins Haus.

Es riecht sogar reich, dachte Anthony. Super sauber, oder ... ich weiß auch nicht. Aber irgendwie speziell. Ohne Probleme gelangte Anthony ins Wohnzimmer und ging direkt zur Stereoanlage. Er hockte sich daneben, stöpselte eine der Boxen aus und schulterte sie. Er war erst drei Schritte gegangen, als er McGees Stimme durch das stille Haus gellen hörte.

„Da kommt ein Auto!“
Anthony stellte die Box ab und stürzte in die Richtung, aus der McGees Stimme gekommen war. Er war in der Küche. Buchanan und Kolsen standen schon neben ihm.
„Lasst uns abhauen“, sagte Buchanan und rannte zur Garagentür.
„Er hat Recht“, sagte McGee und stürzte mit Kolsen und Anthony Buchanan hinterher. Sie liefen den Flur entlang und zur Tür, die in die Garage führte.
Anthony erstarrte, als er sah, dass das große Garagentor schon geöffnet war. Ein Mann in mittleren Jahren, mit einer Fernbedienung in der Hand, stand davor.
Bevor Anthony die Situation verarbeiten konnte, griff McGee den Mann an. Er stieß ihn zu Boden, dann zog er ihn die wenigen Schritte in die Garage hinein. „Das Tor!“, bellte McGee.
Bei diesem Kommando ging ein Schub durch Anthonys Körper. Er wirbelte herum und drückte auf den Knopf, mit dem man das Tor schloss. Es setzte sich auch gleich wieder abwärts in Bewegung. Und zwar im Schneckentempo, das verdammte Ding!
McGee kniete über dem Mann. Mit einer Hand presste er ihm den Mund zu, mit der anderen bedeckte er seine Augen. „Gebt mir eine Schnur oder Klebeband oder so was“, kommandierte er.
Wieder bewegte sich Anthony ohne nachzudenken. Er

nahm eine Rolle Paketband von der Werkzeugtafel über der Werkbank. Kolsen warf McGee ein Stück Wäscheleine zu.
Es war, als hätte Anthony seinen Körper verlassen. Es waren zwar seine Hände, die den Mund des Mannes mit dem Klebeband verschlossen. Und es war sein Knie, das den Mann auf dem Boden hielt. Aber der Rest von Anthony schien irgendwo unter der Decke zu schweben.
„Bringt ihn rein", befahl McGee.
Anthonys Hände packten den Mann an der Schulter. Buchanan nahm die Füße. Sie trugen ihn in die Küche und legten ihn dort auf den Boden. McGee zeigte auf Kolsen. „Du passt auf ihn auf. Ohne zu reden." Er wandte sich an Anthony und Buchanan. „Ihr beiden kommt mit mir."
„Was sollen wir jetzt machen?", platzte Buchanan hervor, sobald sie außer Hörweite waren.
„Der Typ hat uns gesehen. Uns bleibt nur eins übrig", antwortete McGee.
Anthony wusste, was McGee jetzt sagen würde. Es war das, was Anthonys Vater wohl auch gesagt hätte.
„Wir werden ihn umbringen müssen", erklärte McGee.

KAPITEL ELF

Das laute Knacken vor ihrem Zimmer ließ Rae mit klopfendem Herzen in ihrem Bett auffahren. Sie war eingeschlafen, während sie zu lesen versucht hatte. Aber jetzt hatten sie die Geräusche aufgeschreckt. Draußen schlich jemand herum. Ohne sich zu rühren blieb Rae sitzen und lauschte, während es vor ihrem Fenster in den Büschen knackte.

Rae hielt den Atem an, überlegte, was sie jetzt tun sollte. Das Knacken wurde lauter. *Vielleicht ist es ja wieder nur die Katze,* dachte sie. Wahrscheinlich hatte sie sich einfach mehr erschreckt, weil sie im Halbschlaf gewesen war. Der Versuch, *Der scharlachrote Buchstabe* zu lesen, war nicht allzu erfolgreich gewesen, da sie immer wieder an die Einzelheiten dieses schrecklichen Artikels denken musste, den sie zuvor zu Gesicht bekommen hatte. Darum hatte sie sich nicht dagegen gewehrt, als sie die Schläfrigkeit überkommen hatte.

Jetzt war Rae hellwach und völlig verängstigt. Aber dagegen konnte sie etwas unternehmen. Mit einem Seufzer warf Rae ihr Buch zur Seite, stand auf und lief zum Fenster.

Sie zog die Vorhänge auf – und rang nach Atem. Da draußen war jemand und starrte sie an.
Sie brauchte einen Moment, bis ihr klar wurde, dass es Jesse war. Sie riss das Fenster auf. „Was ist?", zischte sie.
Jesse atmete so heftig, dass er zuerst gar nicht antworten konnte. „Anthony ist in Schwierigkeiten", brachte er schließlich zwischen zwei Atemstößen hervor.
„Warte hier. Ich komme raus", sagte Rae. Sie zog die Vorhänge wieder zu, nahm ihre Boots und ihre Jacke und lief aus dem Zimmer.
Und was mache ich mit Dad?, überlegte sie. Er durfte nicht mitbekommen, was los war. Sie verlangsamte ihr Tempo und schlich Schritt für Schritt den Flur entlang. Vor seiner Tür blieb sie stehen. Im Zimmer war kein Licht. Wahrscheinlich war er noch unten in seinem Arbeitszimmer und las. Wie konnte sie jetzt das Haus verlassen?
Sie musste es einfach darauf ankommen lassen! Ohne auf die knirschenden Stellen zu treten, die sie auswendig kannte, ging sie langsam die Treppe hinab. Mit jeder Sekunde, die es länger dauerte, bis sie herausfand, was Anthony zugestoßen war, hätte sie schreien können. Aber im Moment musste sie sich konzentrieren. Endlich kam sie ins Erdgeschoss. Als sie ihren Vater im Wohnzimmer sah, stieß sie erleichtert den Atem aus. Er lag ausgestreckt auf der Couch und schnarchte. Sein Buch lag neben ihm auf dem Boden.

Rae lief schnell hinaus. Sie war froh, als sie Jesse an der Einfahrt auf sie warten sah.
„Anthony und ein paar andere Leute wollten heute Abend in ein Haus einbrechen", platzte er heraus, bevor sie irgendetwas sagen konnte.
„Wie bitte?", rief Rae. Sie packte Jesse am Arm, wobei sie die Gedanken, die sie von seiner Jacke aufnahm, ignorierte.
„Es war schon länger geplant, und ich wusste, dass es heute Abend passieren sollte. Darum bin ich hingelaufen. In der Einfahrt steht ein Auto – die Jungs haben aber einen Van." Jesse atmete tief und zittrig ein. „Ich nehme an, dass der Besitzer des Hauses, der Typ, dem auch das Auto gehört, sie überrascht hat. Eigentlich sollte er so früh noch gar nicht zu Hause sein. Ich bin bis zur Garage gelaufen – sie hat drei kleine Fenster auf der Vorderseite – und hab reingesehen. Der Van der Jungs steht drinnen. Ich weiß nicht, ob der Hausbesitzer die Polizei gerufen hat, oder ob sie ihn gefangen genommen haben, oder was sonst."
„Wir müssen hin", sagte Rae. Sie hatte keine Ahnung, was sie dort machen konnten, aber sie wollte unbedingt zu diesem Haus. Bei der Stimmung, in der Anthony sich befand, konnte es sein, dass er etwas sehr Dummes tat. Oder etwas noch Dümmeres. Etwas, das sein ganzes Leben ruinieren konnte. Und es wäre ihre Schuld. Denn ob es Anthony klar war oder nicht – es war alles nur wegen seines Vaters. „Ist es weit?", fragte sie und drückte Jesses Arm fester.

„Ungefähr fünf Meilen", antwortete Jesse und machte sich los. „Ich war mit dem Fahrrad unterwegs. Aber etwa eine halbe Meile von hier habe ich einen Platten gehabt. Darum bin ich den Rest gelaufen."

„Ich hole die Autoschlüssel von meinem Vater", sagte Rae. Sie flitzte zurück ins Haus und schnappte sich die Schlüssel von der Ablage im Flur, wobei sie versuchte, die Gedanken ihres Vaters darauf zu überhören. Ihr Vater war das Letzte, woran sie jetzt denken wollte. Er würde sie umbringen, wenn er wüsste, dass sie drauf und dran war, sein Auto zu nehmen. Sie hatte erst ein paar Fahrstunden gehabt, und die waren auch nicht allzu erfolgreich verlaufen.

Fünf Meilen ist doch gar nichts. Das werde ich schon schaffen, dachte sie, während sie wieder nach draußen und zur Corvette ihres Vaters lief. Sie stieg ein, und Jesse setzte sich auf den Beifahrersitz. „Wo lang?", fragte sie, während sie den Schlüssel ins Zündschloss schob.

„Die Blackburn Road hinunter, und dann rechts", antwortete Jesse.

Rae startete den Motor und verzog das Gesicht wegen des lauten Geräuschs. Ihr Vater würde es zum Glück nicht hören. Er war ein ziemlicher Schnarcher. Sie gab Gas – doch das Auto bewegte sich nicht. „Was zum Teufel ist denn los?" Sie gab mehr Gas, und der Motor heulte auf.

„Bist du eigentlich bescheuert?", schrie Jesse sie an. „Der Gang ist nicht drin."

Rae stellte ihren Fuß auf die Bremse. „Ich bin eben ein bisschen nervös, okay?“ Sie knallte den Vorwärtsgang rein.
„Kein Gas geben!“, heulte Jesse auf. „Wir donnern noch gegen die Garage.“ Er riss ihre Hand von der Gangschaltung und legte den Rückwärtsgang ein. „So. Und jetzt los.“ Er sprach ganz ruhig, wie mit einem tollwütigen Hund.
„Okay, also gut. Im Rückwärtsgang“, flüsterte Rae. Sie nahm den Fuß von der Bremse und tippte auf das Gas. Das Auto hüpfte einen Schritt nach hinten. Sie tippte stärker auf das Gas. Das Auto rollte auf den Bürgersteig. Noch einmal tippen, dann waren sie auf der Straße.
„Du solltest ein bisschen am Lenkrad drehen“, sagte Jesse wieder mit seiner supersanften Stimme.
„Oh! Ach ja, stimmt!“ Rae drehte am Lenkrad und schaffte es, das Auto auf die Straße zu lenken, ohne die am Straßenrand parkenden Wagen zu zerkratzen. „Na also. Geht doch“, murmelte sie sich zu. Sie glaubte, Jesse ein unterdrücktes Schnauben ausstoßen zu hören, aber sie sah ihn nicht an. Nicht mal einen kurzen Moment. Sie brauchte all ihre Konzentration für die Straße.
Als sie den Wagen bis zur Blackburn Road gelenkt hatte, musste sie sich zwischen den anderen Autos einfädeln. „Die fahren doch alle viel zu schnell, oder?“
Jesse schnallte sich an. „Die fahren so schnell, wie sie dürfen. Und das solltest du auch tun. Wenn du nicht willst, dass dir einer drauffährt.“

Himmel, was stelle ich mich denn so blöd an? Anthony braucht mich, und ich fahre wie eine alte Oma. Sie stemmte ihren Fuß auf das Gaspedal.

„Wow!", rief Jesse. „Wow!", wiederholte er etwas leiser, als sie ihren Fuß jetzt wieder komplett vom Gas heruntemahm. „Am besten, du bleibst irgendwo zwischen diesen beiden Geschwindigkeiten", erklärte er. „Und vielleicht sollten wir doch lieber die Margot Street nehmen. Hauptstraßen sind wohl nicht ganz das Richtige für dich. Man wird ständig überholt, und ..."

„Bitte, sei jetzt still", bat Rae.

„Ich will nur ankommen", sagte Jesse.

„Ich auch", sagte Rae. „Ich auch." *Nur Geduld, Anthony,* dachte sie. *Und tu nichts, was die Situation schlimmer macht, als sie ohnehin schon ist.*

„Wir haben hier keine verdammte Demokratie, Fascinelli", sagte McGee. „Ich habe dir jetzt lange genug zugehört. Und auch wenn du es nicht für das Geschickteste hältst, diesen Typen umzubringen – ich habe es nun mal so entschieden."

Je mehr ich es ihm auszureden versuche, umso mehr versteift er sich darauf, dachte Anthony. *Was soll ich tun?* Er hatte McGee jetzt eine ganze Weile abgelenkt, aber viel länger würde er es nicht mehr schaffen.

Anthony wandte sich an Buchanan. Wenn er sich doch nur

an den Vornamen dieses Typen hätte erinnern können! Aber er fiel ihm einfach nicht ein. „Bist du denn damit einverstanden, dass McGee den Mann umlegt? Du begehst damit Beihilfe zum Mord.“
Buchanans graue Augen blickten ins Leere. Offenbar war er nicht auf Sendung. Anthony überlegte, ob Buchanan überhaupt gehört hatte, was Anthony gerade gesagt hatte.
„Der Typ hat uns gesehen. Buchanan weiß, dass wir keine andere Wahl haben“, antwortete McGee.
„Und Kolsen? Hat der keine Stimme?“, gab Anthony zurück. So hatte er es zwar gerade schon versucht, aber er musste weiter reden, bis ihm ein Plan einfiel, um McGee aufzuhalten. Vielleicht sollte er sagen, er müsse aufs Klo, und das nutzen, um die Polizei anzurufen. Dann würde er zwar auch festgenommen werden, aber wenigstens würde heute niemand sterben müssen. Einen Mord konnte er auf keinen Fall zulassen!
Wenn mir nichts anderes mehr einfällt, ist die Polizei mein letzter Ausweg, entschied Anthony. Er landete dann zwar auf jeden Fall im ... Anthony verbot sich, den Gedanken zu Ende zu führen. Wenn er sie allesamt hineinreißen musste, dann würde er es eben tun. Egal, was mit jedem Einzelnen passierte.
„Buchanan, geh Kolsen holen und pass eine Weile auf den Typen auf. Sieh zu, dass er die Augen noch verbunden hat“, befahl McGee.

Anthony spürte einen winzigen Funken Hoffnung. Wenn McGee sich solche Gedanken um die Augenbinde machte, war er sich vielleicht doch nicht so sicher, dass er den Typen wirklich umbringen musste.
„Hat er versucht, sich loszumachen?", fragte McGee, als Kolsen ins Wohnzimmer kam.
„Nein. Er weiß, dass er bewacht wird", antwortete Kolsen. „Er war ganz brav."
Anthony sah die dunklen Schweißringe unter den Armen auf Kolsens T-Shirt. *Ich bin nicht der Einzige, der schwitzt, wenn er nervös ist. Kolsen versucht völlig cool zu wirken, dabei hat er genauso Angst wie ich,* dachte Anthony. *Vielleicht ist das meine Chance.*
„Also, Kolsen, McGee meint, die einzige Möglichkeit, wie wir aus der Sache hier rauskommen können, ist den Typen umzulegen", sagte Anthony. „Wenn ..."
Ein lautes Klopfen von der Haustür unterbrach ihn.
„Wer zum Teufel ist das?", fragte McGee.
„Wenn wir nicht antworten ... vielleicht gehen sie dann einfach wieder", antwortete Anthony. Das Letzte, was sie jetzt gebrauchen konnten, waren noch mehr Leute.
„Solange es nicht die Polizei ist ...", sagte Kolsen und wischte sich die Hände an seiner Jeans ab.
Es klopfte wieder. Nachdrücklicher.
„Kolsen, geh hin und sieh nach, wer das ist. Lass dich dabei nicht sehen", sagte McGee.

Kolsen nickte und lief zur Vorderseite des Hauses.
McGee und Anthony blickten einander an. Anthony sagte kein Wort. Er sah die Anspannung in McGees Körper. Seine Halsmuskeln traten hervor, und sein Kiefer schien in seiner jetzigen Stellung festgeschraubt zu sein. Anthony war klar, dass McGee vollkommen ausflippen würde, wenn er jetzt etwas Falsches sagte.
Kolsen kam zurück ins Wohnzimmer. „Es ist dieser Junge. Der mit den roten Haaren."
„Jesse Beven?", fragte McGee.
Nein!, dachte Anthony. *Nein, Jesse! Das darf nicht wahr sein!*
„Ja, genau der", antwortete Kolsen. „Und er hat ein Mädchen dabei."
Anthony hatte das Gefühl, dass anstatt Blut jetzt Säure durch seine Adern floss. Rae! Es konnte nur sie sein. Jetzt musste er sich auch noch darum kümmern, dass er die beiden hier ebenfalls lebend heraus bekam.
„Dieses Mädchen – hat sie lange dunkle Haare und blaue Augen?", fragte Anthony.
„Ihre Augen habe ich nicht gesehen. Aber ihr Haar – doch, so sieht es aus", sagte Kolsen.
„Verdammt", platzte Anthony heraus. „Das ist meine Freundin." Er hoffte, damit ein wenig zur Schadensbegrenzung beizutragen.
„Hast du ihr etwa von heute Abend erzählt?", fragte McGee.

„Verknallt!“, murrte Kolsen.

Es klopfte wieder.

„Lass sie rein“, sagte McGee. „Die erwecken da draußen sonst viel zu viel Aufmerksamkeit.“

„Ich kann sie ja einfach wieder nach Hause schicken“, bot Anthony an.

„Nein“, schoss McGee zurück. „Ich will alle, die wissen, was hier läuft, unter meinen Augen haben. Bring sie rein. Kolsen, geh mit ihm.“

Kolsen lief voran zur Haustür, und Anthony riss sie auf.

Als Rae Anthonys Gesichtsausdruck sah, machte sie unwillkürlich einen Schritt zurück. Er sah aus, als wollte er sie erwürgen. Aber stattdessen nahm er sie an der Hand und platzierte seine Fingerspitzen so, dass sie ihre berührten.

Er will mir etwas mitteilen. Etwas, das er nicht laut sagen kann, dachte Rae. Dann konzentrierte sie sich darauf, die Gedanken und Gefühle aufzunehmen, die von Anthony zu ihr herüberflossen.

McGee hat eine Pistole. Er will den Besitzer des Hauses umbringen. Diese beiden Gedanken wiederholten sich immer wieder, klar und deutlich. Darunter lag Wut auf Rae und Jesse. Angst um sie alle. Gedanken über seine Familie. Erinnerungsfetzen an seinen Vater. Das Gefühl, Klebeband von einer Rolle zu wickeln. Aber die beiden ersten Gedanken –

McGee hat eine Pistole. Er will den Besitzer des Hauses umbringen – übertönten den Rest.
Rae sah Anthony an und nickte. Nachricht angekommen. Sofort ließ er ihre Hand los. „Nur weil du meine Freundin bist, hast du kein Recht, hier schnüffeln zu kommen", fauchte er.
„Ich hab mir Sorgen um dich gemacht", antwortete Rae. Es war die Wahrheit und es klang, als wäre sie seine Freundin, was Anthony den anderen anscheinend erzählt hatte.
„Wir bringen euch beide jetzt ins Wohnzimmer, und ihr rührt euch nicht vom Fleck", sagte der blonde, dürre Typ neben Anthony. Er schloss die Tür hinter ihnen ab, dann führte er sie in die Stube. Dort wartete ein weiterer Typ.
Das ist McGee, dachte Rae. Sie war sich nicht ganz sicher, aber er sah aus wie einer, der den Ton angibt.
„Was zum Teufel machst du hier, Beven? Und warum hast du die da mitgebracht?", fragte McGee.
„Hallo, McGee. Tag. Ich bin vorbeigekommen ... wir sind vorbeigekommen, weil ich ... wir ... nur mal nachsehen wollten, ob auch alles klargeht", stammelte Jesse. „Wir haben diesen Wagen in der Einfahrt gesehen und uns gedacht, dass es vielleicht Schwierigkeiten gibt. Dass du Unterstützung brauchen könntest. Darum sind wir vorbeigekommen."
„Und was habt ihr gedacht, was ihr beiden ausrichten könnt?", fragte McGee.

„Ja, was habt ihr vorgehabt?", frage der dürre, blonde Typ.
„Halt die Klappe, Kolsen", befahl McGee.
Rae blickte zu Anthony. Sein Gesicht war ausdruckslos. *Er hat noch keinen Plan,* dachte sie. *Wenn, dann hätte ich ihn empfangen, als wir Fingerspitzenkontakt hatten.*
„Erzählt doch mal, was los ist. Vielleicht können wir euch ja helfen", meinte Rae.
„Oh, die Kleine denkt tatsächlich, sie kann uns helfen", antwortete McGee. „Also gut. Wir sind überrascht worden. Und wir haben den Kerl gefesselt. Willst du in die Küche gehen und ihn für uns um die Ecke bringen? Denn das ist die einzige Methode, hier wieder rauszukommen, ohne im Knast zu landen. Auch wenn dein Freund etwas anderes denkt."
„Hey, ich habe im Kühlschrank ein paar Büchsen Bier gefunden", verkündete ein Typ mit struppigem braunem Haar, der jetzt in den Raum kam.
„Buchanan, du Idiot, hast du den Typen etwa allein gelassen?", fragte McGee.
„Der kann sowieso nirgendwo hin", antwortete Buchanan. „Wir haben ihn so fest gefesselt, dass er Stunden bräuchte, um sich zu befreien." Er nahm sich ein Bier und hielt Kolsen den Sixpack hin. Der nahm eine Dose, riss den Verschluss auf und leerte sie in Rekordzeit.
„Lass das!", befahl McGee Buchanan, als der gerade den ersten Schluck nehmen wollte. „Wenn wir anfangen zu

trinken, verderben wir noch alles." Buchanan stellte sein Bier gehorsam auf den Couchtisch. Ohne McGee anzusehen, stellte Kolsen seine leere Dose daneben.

Eine gute Gelegenheit, sich ein paar Informationen zu besorgen, dachte Rae. Sie setzte sich auf die Couch und schob wie zufällig Kolsens Dose ein wenig vom Tischrand weg.

/ so verfahren / wollte nur schnelles Geld / McGee ist verrückt / Fotos der Enkel am Kühlschrank /

Nicht gerade die Gedanken eines angekifften Idioten. Gut, dachte Rae.

„Wer ist dieser Mann denn überhaupt?", fragte sie. „Es sieht aus, als würde hier ein alter Opa oder eine Oma wohnen. Seht euch doch nur mal diesen dämlichen Golfpokal auf dem Kaminsims an."

„Ich glaube, er hat tatsächlich Enkel", sagte Kolsen. „Ich hab Fotos von ihnen gesehen, am Kühlschrank."

„Ich auch", fügte Buchanan zu.

Rae strich mit den Fingern über Buchanans Dose.

/ muss hier raus / Dad wird mich umbringen / sollten nur schnell rein und raus / rein und raus / und jetzt Pistolen / muss hier raus /

Gut. Sie hatten es also nicht mit Möchtegern-Gangstern zu tun. Kolsen und Buchanan suchten nach einem Weg, hier herauszukommen.

Wenn ich ihnen eine Alternative zu McGees Plan bieten kann, werden sie darauf eingehen. Raes Hand umschloss die Bier-

dose fester und drückte sie ein. *Aber was für einen Plan B hast du denn, Rae?*, fragte sie sich.
„Je länger wir hier bleiben, umso gefährlicher wird es." McGee zog hinten aus dem Hosenbund seiner Jeans eine Pistole. Rae hatte zwar gewusst, dass er eine Pistole hatte, aber ihr Anblick machte sie trotzdem schwindelig. „Ich werde mich jetzt um die Sache kümmern. Wir brauchen ein paar Müllsäcke oder so, wegen des Blutes. Und wir müssen alles abwischen, was wir irgendwie angefasst haben könnten. Dann müssen wir uns etwas überlegen, wo wir ihn loswerden können. Vielleicht können wir sein Auto nehmen und es an einer Bar abstellen."
Er hat seinen Plan schon viel zu gut durchdacht. Es kann jede Sekunde losgehen, dachte Rae. „Seid ihr euch überhaupt sicher, dass der Mann euch gesehen hat?", sprudelte sie heraus. „Ich meine, es war doch dunkel, oder?"
„Und du hast ihn ja auch gleich zu Boden gerissen", wandte Anthony sich an McGee.
Kolsen setzte sich neben Rae auf die Couch. Als wenn er plötzlich gemerkt hätte, dass er keine Kraft zum Stehen mehr hatte. „Anthony hat Recht. Möglicherweise hat er uns gar nicht gesehen. Wir könnten einfach abhau..."
„Vielleicht würde er uns nicht wieder erkennen, vielleicht aber doch", antwortete McGee. „Aber da wir das nicht sicher wissen, müssen wir davon ausgehen, dass er uns erkennen würde."

„Es gibt einen Weg, um das herauszufinden", sagte Rae.
„Und der wäre?", forschte McGee.
„Ich ... ich habe diesen Sommer ein paar Probleme gehabt. Ich war in einer psychiatrischen Klinik, und mein Therapeut hat mir beigebracht, wie ich mich selbst hypnotisieren kann – als Teil meiner Behandlung. Ich habe mich dadurch an Dinge erinnern können, von denen ich nicht einmal ahnte, dass ich sie noch wusste." Rae atmete tief ein und dachte angestrengt nach. „Ich kann das bei anderen Leuten auch machen. Ich könnte den Mann hypnotisieren und herausfinden, was er weiß."
Es war ein lächerlicher Vorschlag. Aber von den fünf Leuten, die hier im Raum anwesend waren, suchten vier nach einem Ausweg aus dieser Situation ohne Gewalt.
„Rae hat mich auch schon mal hypnotisiert", sprang Anthony ihr bei. „Durch sie habe ich mich daran erinnert, wie ich als kleines Kind immer an zwei Fingern gesaugt habe. Und noch ein Geräusch dazu gemacht habe, wie Go-ing. Go-ing."
Rae warf Anthony einen bestätigenden Blick zu. Es war gut, dass er etwas Peinliches über sich erzählt hatte. Das machte die Sache glaubwürdiger.
„Meinst du, du könntest das wirklich tun?", fragte Buchanan sofort.
„Ja", antwortete Rae. „Und wenn Opa gar nichts gesehen hat – kann man ihn doch einfach in Ruhe lassen."

„Richtig", stimmte Kolsen zu.
Rae blickte zu McGee. Er fixierte sie und starrte sie an, als ob er durch ihre Augen ihre Gedanken lesen könnte. Schließlich nickte er. Dann steckte er die Pistole wieder in seinen Hosenbund. „Du kannst es jedenfalls versuchen. Ich gebe dir 15 Minuten. Aber dann ist Schluss."
„Okay. Anthony, hilfst du mir?", fragte Rae, als sie aufstand.
„Ja", sagte Anthony sofort und stand schon neben ihr.
„Ich komme auch mit", bestimmte McGee.
„Das geht nicht", wandte Rae ein. „Es geht nicht, weil er dann zu sehr abgelenkt wird und nicht genügend Ruhe hat, um sich zu konzentrieren."
„Ich werde keinen Ton sagen", antwortete McGee, und seine Augen verengten sich voller Misstrauen.
„Das spielt keine Rolle. Er spürt einfach, wenn zu viele Leute im Raum sind. Sicher ist er jetzt sowieso schon völlig verängstigt. Es wird schwierig genug sein, ihn in dieser Situation in Hypnose zu versetzen." Rae wusste nicht, woher sie all diesen Unfug nahm.
McGee nickte widerstrebend. „Kolsen, geh und hol das Telefon aus der Küche."
Kolsen sprang auf und verließ den Raum.
McGee wandte sich an Rae. „Du lässt deine Tasche hier. Und wir werden ein Auge auf Jesse haben. Für den Fall, dass ihr euch entschließen solltet abzuhauen."

„Wir werden nicht abhauen", antwortete Rae und wandte sich damit direkt an Jesse.
Kolsen kam mit dem Telefon. „Also, schiebt ab. Eure Zeit läuft", sagte McGee zu Rae und Anthony.
Anthony legte seinen Arm um Raes Schulter und führte sie aus dem Wohnzimmer in den Flur. Die Berührung war warm und tröstlich.
„Ich kann es überhaupt nicht fassen, dass du hier bist. Du bist eine noch größere Idiotin, als ich gedacht habe", flüsterte er. Aber er ließ seinen Arm, wo er war.
„Der Idiot bist du", flüsterte Rae zurück. „Ich wäre nicht hier, wenn du nicht zuerst hier gewesen wärst."
Anthony öffnete eine Schwingtür, dann waren sie in der Küche. Ihre Augen fielen sofort auf den Mann, der mit Klebeband und Wäscheleine an einen Stuhl gefesselt war. Er trug eine Augenbinde und einen Knebel. Er sah jetzt schon fast tot aus.
Raes Magen begann zu zucken, und in ihrem Mund floss der Speichel zusammen. Sie schloss die Augen und konzentrierte sich darauf, sich nicht übergeben zu müssen. Einen Moment später verschwand das Gefühl, und sie konnte wieder die Augen öffnen. Sie machte sich von Anthony los und trat neben den Mann. „Ich werde mal sehen, was er weiß", sagte sie leise. Sie musste noch einmal ein Gefühl der Übelkeit unterdrücken, als sie seine Hand nahm und seine Fingerspitzen berührte.

Die ungeheure Angst, die sie ohnehin schon spürte, verdreifachte sich, als sie die Hand des Mannes hielt. Er war davon überzeugt, dass er sterben müsse.

„Es ... es wird alles wieder gut", flüsterte sie. Sie hatte das Gefühl, ihn irgendwie ermutigen zu müssen. „Ich werde Sie lebend hier herausbringen. Das verspreche ich Ihnen."

Bei all dem, was von seinem Kopf in ihren strömte, fiel es Rae schwer zu sprechen und die Worte zu formulieren. Alle möglichen Erinnerungen umschwirrten sie. Der Mann versuchte, sich das Lächeln seiner Frau vorzustellen; sich daran zu erinnern, wie ihre kleine Tochter gerochen hatte, als er sie das erste Mal in den Armen gehalten hatte. Auch eine Rachefantasie fing Rae auf, in der der Mann sich wie Superman befreite und die Leute auslöschte, die ihm dies hier angetan hatten.

„Garage", sagte Rae leise. „Junge Männer."

Der Mann erinnerte sich, wie das Garagentor aufgegangen war. Drinnen stand jemand. Ein blauer Blitz schoss auf ihn zu. Dann der Schmerz, als sein Kopf auf den Asphalt knallte. Eine verschwitzte Hand auf seinen Augen. Über seinem Mund. Atemschwierigkeiten. Was war das? Und wer?

Rae ließ seine Finger los.

„Und?", fragte Anthony. Seine Stimme zitterte vor Spannung.

Sie öffnete ihren Mund, um zu antworten, aber ihr Hals

war zu trocken. Sie lief hinüber zum Waschbecken und trank ausgiebig, direkt aus dem Hahn. Dann wandte sie sich wieder an Anthony. „Es gibt nichts Wichtiges, an das er sich erinnern könnte. Weder das Gesicht noch die Figur von einem von euch."
„Komm, das müssen wir ihnen sagen", meinte Anthony.

Als Anthony den Chevette von Raes Vater in die Einfahrt ihres Hauses fuhr, kam es den beiden vor, als seien Jahre vergangen. McGee davon zu überzeugen, dass der Hausbesitzer sie nicht identifizieren konnte, war nicht halb so schwierig gewesen, wie Rae befürchtet hatte. Vor allem, weil Kolsen, Buchanan und Anthony dabei halfen. Sie machten McGee klar, dass es das Beste sei, alles, was sie irgendwie berührt haben könnten, abzuwischen und ansonsten zuzusehen, dass sie verschwanden.
Das Aufräumen hatte allerdings länger gedauert. Dann hatten Rae und Anthony Jesses Bike aufgesammelt und ihn nach Hause gebracht. Schließlich hatten sie noch ein Münztelefon gefunden und die Polizei mit einem anonymen Anruf informiert, dass ihrem Verdacht nach gerade ein Einbruch stattfände. Die Polizei würde den Hausbesitzer wohl finden und ihn befreien.
„Du musst fix und fertig sein", sagte Anthony und starrte weiter stur geradeaus, obwohl das Auto schon stand. Sie wusste, dass er ihr damit sagen wollte, sie solle ihren Arsch

nach drinnen bringen und ihn allein lassen. Aber dazu war sie nicht bereit.

„Anthony, ich wollte dir noch sagen ... ich will dir sagen, wie Leid es mir tut, dass ich deinen Vater ausfindig gemacht habe, ohne dich zu fragen, ob du das überhaupt willst“, begann Rae.

„Hör mal, es ist schon spät. Ich muss sehen, dass ich einen Bus bekomme und nach Hause fahre.“ Anthony fuhr sich mit den Fingern durch das Haar und strich es sich aus der Stirn. „Es hat keinen Sinn, weiter darüber zu sprechen. Du hast es getan. Es tut dir Leid. Was gibt es sonst noch zu sagen?“

„Was es sonst noch zu sagen gibt?“, wiederholte Rae. „Zum Beispiel, dass du dir fast das ganze Leben verbaut hättest, wegen dem, was ich gesagt habe! Wird das jetzt bei dir die Regel, oder was?“

„Du bist sauer auf *mich*?“, fragte Anthony, und seine Augenbrauen fuhren überrascht in die Höhe.

„Allerdings, ich bin sauer auf dich“, schoss Rae zurück. Jetzt, wo Anthony in Sicherheit war, wurde sie mit jeder Sekunde ärgerlicher. „Ich weiß, dass ich einen Fehler gemacht habe. Ich wusste, dass es für dich die Hölle war, als du die Wahrheit über deinen Vater erfuhrst. Aber das ist keine Entschuldigung ...“

„Du hast verdammt noch mal überhaupt keine Ahnung, wovon du eigentlich redest“, sagte Anthony und wandte

ihr ruckartig sein Gesicht zu. „Was ist das Schlimmste, was dein Vater je getan hat? Hat er ein Knöllchen bekommen? Oder musste er in der Bibliothek nachbezahlen? Ich bin das Kind eines Mörders!“ Er öffnete die Autotür und wollte aussteigen. Aber Rae hielt ihn mit beiden Händen zurück.
„Das bin ich auch“, sagte sie.
Er sah ihr in die Augen. „Du bist was?“
„Du weißt eben noch nicht alles von mir, kapiert?“ Rae erkannte ihre eigene Stimme kaum wieder. „Du bist nicht der Einzige, der damit leben muss, das Kind eines Mörders zu sein.“ Sie ließ seinen Arm los, aber er bewegte sich nicht.
„Wovon redest du da überhaupt?“, fragte er mit zusammengebissenen Kiefern.
Rae schloss die Augen, dann öffnete sie sie wieder. „Anthony, meine Mutter ... meine Mutter hat jemanden umgebracht. In den Kopf geschossen. Aus nächster Nähe.“ Tränen stiegen Rae in die Augen, und sie wischte sie mit dem Handrücken ungeduldig beiseite.
Neben ihr sank Anthony langsam zurück in den Autositz. Er lehnte seinen Kopf gegen das Polster, dann sah er sie wieder an. „Und du hast das gewusst ...“, begann er.
„Seit ich etwa 12 bin“, antwortete Rae und beobachtete ihn aus dem Augewinkel. „Zwar nicht alles. Aber dass sie jemanden umgebracht hatte. Mein Vater hat immer gesagt, es sei ein Unfall gewesen. Meine Mutter ist ein paar Monate später in der Klapsmühle gestorben. Darum konnte sie

mir nichts anderes erzählen.“ Rae unterbrach sich, als die Wörter aus dem Artikel, den sie an diesem Tag gelesen hatte, durch ihr Hirn zuckten. „Aber ich habe herausgefunden … dass da noch mehr war“, sagte sie mit stockender Stimme. Sie drehte sich zu ihm, um ihn ansehen zu können, und schluckte heftig. „Anthony, das Opfer war ihre beste Freundin. Nicht irgendein Fremder, wie bei deinem Vater. Sie hat ihre *beste Freundin* umgebracht.“

„Rae …“ Anthonys Stimme klang ganz sanft. So sanft, wie sie ihn noch nie sprechen gehört hatte.

Sie atmete tief ein. „Ich wollte … ich wollte dir nur sagen, dass ich nachfühlen kann, wie es dir geht“, sagte sie und versuchte ihre Stimme unter Kontrolle zu halten. „Ich kann es wirklich. Und ich hasse mich dafür, dass ausgerechnet ich diejenige war, die dir das mit deinem Vater gesagt hat. Ich hätte einfach lügen sollen. Natürlich hätte ich zuallererst einmal nicht nach ihm suchen dürfen. Aber nachdem ich die Wahrheit herausgefunden hatte, hätte ich lügen sollen.“

Anthony schüttelte den Kopf. „Du wusstest doch, dass ich ihn unbedingt kennen lernen wollte. Du musstest ja nicht lange fragen, um das zu wissen“, sagte er.

Rae bemühte sich, seinen Gesichtsausdruck in dem dunklen Auto zu erkennen. Aber sie konnte nicht genug sehen, um zu wissen, was er fühlte. „Ja, aber ich weiß auch, wie es dir geht, nachdem ich dir von ihm erzählt habe“, entgeg-

nete Rae. „Jetzt denkst du, dass du einmal so wirst wie er.“
„Ich lasse mir doch nicht von dir vorschreiben, wie ich mich fühle“, protestierte Anthony.
„Aber genau so fühlst du dich doch!“, erwiderte Rae. „Wenn nicht, dann wärst du heute Abend nicht in diesem Haus gewesen. Du hättest nicht die Chance aufs Spiel gesetzt, auf die Sanderson Highschool zu gehen.“ Rae drückte ihre Hände so heftig zusammen, dass ihre Knochen schmerzten. „Ich habe auch Angst. Ich habe Angst, dass ich meiner Mutter jeden Tag ähnlicher werde. Aber ich ziehe nicht los und probiere es einfach aus. Ich versuche es jedenfalls. Ich versuche, es zu unterdrücken.“
Anthony streckte schüchtern seine Hand aus und nahm ihre Hand in seine. Die Wärme seiner Berührung durchströmte ihren ganzen Körper. „Das, was deine Mutter getan hat, könntest du niemals tun“, sagte er. „Du glaubst doch nicht ernsthaft, dass du einen Menschen töten könntest? Du hast heute Abend sogar jemandem das Leben gerettet. Erinnerst du dich?“
„Wenn ich keine Lösung dafür gefunden hätte, hättest du es getan“, antwortete Rae. „Du warst ja schon drauf und dran. Und was du über meine Mutter und mich denkst – genau dasselbe denke ich über deinen Vater und dich.“
Sie blickten sich schweigend an. Die Luft im Auto schien sich aufgeladen zu haben. So wie sonst draußen vor einem Sturm. Schließlich sah Anthony beiseite.

„Äh, da ist noch eine Sache, die ich dir sagen sollte", begann Rae. „Weil ich ja weiß, wie sehr du es hasst, wenn ich ..."
„Und das wäre?", fragte Anthony dazwischen.
„Jemand hat mir Fotos von Erika Keaton geschickt", gab Rae zu. „Erika ist die Frau, die meine Mutter ... du weißt schon." Ein Schauder überlief sie. „Ich habe die Einzelheiten nie gekannt ... ich meine, ich wusste nicht, wer es war, wie sie hieß. Aber ich habe einen Zeitungsartikel gefunden über das, was passiert ist, und jetzt weiß ich ... Jedenfalls hat mir jemand einen Teil ihrer Asche geschickt und bei mir zu Hause angerufen und nach ihr gefragt. Vielleicht ist das ja auch der Grund, weswegen all das passiert ist – die Rohrbombe und Jesses Entführung. Jemand will Rache nehmen. Und vielleicht ist das alles noch nicht vorbei."
Anthony lehnte seinen Kopf zurück und stieß einen tiefen Seufzer aus. „Kann sein." Er sah sie an, ohne ihr in die Augen zu sehen. „Aber bis es vorbei ist, bin ich immer für dich da."
Er stieg aus dem Auto, und diesmal versuchte Rae nicht, ihn aufzuhalten. Sie stieg ebenfalls aus und schloss die Tür mit einem leisen Klicken. „Danke", sagte sie, als er zur Straße ging.
Er blieb stehen, drehte sich um, um sie anzusehen.
„Ich meine, dass du für mich da bist", fügte sie hinzu.
Anthony nickte. „Du hast warst heute Abend ja auch für

mich da. Darum ist es nur fair." Er blieb noch einen Augenblick stehen und sah sie an. Sie blickte zurück, machte keinen Schritt auf ihr Haus zu. Plötzlich lief er auf sie zu, und einen Augenblick später umschlang er sie mit seinen Armen und drückte sie fest an sich. Rae legte ihre Arme um seinen Nacken und presste ihre Wange an seine Schulter.
So will ich für immer bleiben, dachte sie. Sie fühlte Anthonys Herz gegen ihre Brust schlagen, und es fühlte sich fast an, als sei sein Herz ihr Herz. Sie zog ihn noch fester an sich und vergrub ihr Gesicht an seiner Schulter.
In diesem Moment bemerkte sie, dass sich an ihrem Hals eine taube Stelle von der Größe einer Kindsfaust befand. *Das kommt vom festen Drücken,* sagte sie sich. Aber selbst in der Geborgenheit von Anthonys Armen konnte sie den nächsten Gedanken nicht davon abhalten aufzutauchen.
Oder ich beginne zu sterben. Wie meine Mutter.